Un Episodio en la
Vida del Pintor Viajero

CÉSAR AIRA

风景画家的片段人生

[阿根廷] 塞萨尔·艾拉 ———— 著   王纯麟 ———— 译

浙江出版联合集团
浙江文艺出版社

Copyright © 1993, 2000 by César Aira
Published in agreement with Literarische Agentur Michael Gaeb,
through The Grayhawk Agency
本书简体中文版权为浙江文艺出版社独有。
版权合同登记号：图字：11-2020-030号

图书在版编目（CIP）数据

风景画家的片段人生 /（阿根廷）塞萨尔·艾拉著；
王纯麟译. —杭州：浙江文艺出版社，2021.1
ISBN 978-7-5339-6066-7

Ⅰ.①风… Ⅱ.①塞… ②王… Ⅲ.①中篇小说—阿根廷—现代 Ⅳ.①I783.45

中国版本图书馆CIP数据核字（2020）第044278号

责任编辑	王莎惠
责任校对	唐 娇
责任印制	吴春娟
封面插画	KUNATATA
装帧设计	尚燕平
营销编辑	张恩惠
数字编辑	姜梦冉

风景画家的片段人生

[阿根廷] 塞萨尔·艾拉 著　王纯麟 译

出版发行	浙江文艺出版社
地　址	杭州市体育场路347号
邮　编	310006
电　话	0571-85176953（总编办） 0571-85152727（市场部）
制　版	浙江新华图文制作有限公司
印　刷	浙江新华印刷技术有限公司
开　本	880毫米×1230毫米　1/32
字　数	115千字
印　张	6.875
插　页	5
版　次	2021年1月第1版
印　次	2021年1月第1次印刷
书　号	ISBN 978-7-5339-6066-7
定　价	52.00元

版权所有　侵权必究

（如有印装质量问题，影响阅读，请与市场部联系调换）

目录

风景画家的片段人生　　001

我如何成为修女　　089

塞萨尔·艾拉作品导读　　193

第一篇

风景画家的片段人生

风景画家的片段人生

在西方艺术史上，真正优秀的风景画家屈指可数。在那些为人所知的风景画家中，伟大的鲁根达斯无疑是最出色的。他曾经两次造访阿根廷。在1847年的第二次阿根廷之旅中，他有幸记录下了拉普拉塔河流域的自然风光和风土人情——当地收藏者收藏着二百多幅他当时留下的画作。同时，这次旅行也是对颇为欣赏他的好友洪堡[①]的否定，或者说，是反对过于简单化地阐释洪堡的理论，试图将画家的天赋限制在新大陆的丰富山脉和植被之中。然而，这种否定在十年前，画家短暂而戏剧性的第一次阿根廷之旅中就已经产生，只不过，那次旅行被他生命中的一段不可逆的插曲所打断了。

[①] 亚历山大·冯·洪堡（1769—1859），德国著名自然学家、地理学家。

1802年3月29日,约翰·莫里茨·鲁根达斯出生于奥格斯堡①,他的父亲、祖父和曾祖父都是颇具声望的风景画家。祖辈中有一位先人名叫格奥尔格·菲利普·鲁根达斯,曾因描绘战争的绘画而闻名于世。鲁根达斯家族在1608年搬离加泰罗尼亚(虽然这个家族源自弗兰德斯地区),定居于奥格斯堡,因为当地社会更支持他们所信仰的新教。第一位在德国出生的鲁根达斯是钟表匠,在他之后的每一代都是画家。约翰·莫里茨在四岁时就显露出了绘画天赋。这位天才画家在阿尔布雷特·亚当②的画室,以及随后在慕尼黑艺术学院就读时都是出类拔萃的。十九岁时,他获得了随探险队去美洲旅行的机会。这支探险队由俄国沙皇赞助,朗斯多夫男爵③带队。他们的任务,如果放在一百年后,或许会由摄影师完成:记录地理条件和沿途风景。

现在我们需要稍稍回溯,以便对这位年轻艺术家最开始的工作有个更清晰的印象。这个家族的历史并没有像上文给人的感觉那么长。他的曾祖父格奥尔格·菲利普·鲁根达斯(1666—1742)是这个画家王朝的起点。老鲁根达

---

① 位于德国巴伐利亚州的一座历史悠久的城市。
② 阿尔布雷特·亚当(1786—1862),德国画家,以描绘战斗和马著称。
③ 格奥尔格·海因里希·冯·朗斯多夫(1774—1852),德国贵族,政治家和自然学家。长期在沙俄任职,1821年向沙皇亚历山大一世提议建立南美科学考察队,次年率队抵达巴西。

斯年轻时失去了右手，尽管从小就为延续家族传统成为钟表匠而努力，但是残疾使他无法胜任这项工作。他必须学会用左手控制铅笔和画笔。他擅长表现战争场景，画作中那神来之笔般的精确描绘使他大获成功。这种精确性来自曾经受过的钟表匠训练以及左手的使用——左手并非他的天生惯用手，这迫使他用左手时更加细心，更加井井有条。他笔下的形象凝聚了精致的细节对比，而震撼人心的主题更使他独步天下。他的资助人暨主要客户是好战的瑞典国王卡尔十二世。老鲁根达斯跟随着军队从冰天雪地的北极一直到达战火燃烧的土耳其，沿途刻画了国王的一场又一场战役。随着年龄增长，他成为了一名出色的版画制作师和销售商，这和他记录战争的技术密不可分。他的三个儿子——格奥尔格·菲利普、约翰与杰雷米继承了这项技术和生意。三兄弟中，老大的儿子叫作约翰·克里斯蒂安（1775—1826），也就是本文主角鲁根达斯的父亲，他继承了家族传统，画下了另一位好战国王拿破仑的战役。

　　拿破仑的时代过去后，欧洲开启了"和平的世纪"，而鲁根达斯家族的专长也失去了用武之地。滑铁卢战役时期，年轻的约翰·莫里茨·鲁根达斯初出茅庐，却只得改变人生道路。他从战争画家亚当的工作室转到了慕尼黑艺术学院，学画自然风光。在绘画和版画业，那些来自遥远的异国他乡的景色显然更有市场，这让他的艺术生涯同旅行密不可分。不久，他就获得了一次探险的机会，也就是上文提及的随探险队前往美洲。虽然只是二十出头的年纪，但这时，整个世界，或者说，一个有待探索的世界，已经向他敞开，就好像是同一时期发生在青年达尔文身上的故事一样。鲁根达斯的雇主格奥尔格·海因里希·冯·朗斯多夫男爵在穿越大西洋的途中就显露出了他难以相处的个性，甚至可以说是疯疯癫癫的。因此，刚抵达巴西时鲁根达斯就同探险队分道扬镳。他在队中的位置被另一位天资优异的纪实画家陶奈①所代替。这个英明的决定给他免去了许多麻烦，因为这支探险队总是厄运缠身：陶奈溺亡于瓜波雷河②；而在热带雨林中，朗斯多夫男爵失去了他仅存的那一点点理智。在鲁根达斯为期四年的探险之旅中，他游遍了巴西里约热内卢州、米纳斯吉拉斯州、马托格罗索州、圣埃斯皮里图州及巴伊亚州。回到欧洲之后，他出版了一本图文并茂的游记，名为《风景如画的巴西之旅》（书中文字由维克托·艾梅·胡贝尔根据画家的笔记撰写）。鲁根达

---

①阿德里安·陶奈（1803—1828），其父亲是法国著名风景画家尼古拉-安东尼·陶奈（1755—1830）。

②巴西与玻利维亚的界河。河流发源于巴西，汇入亚马孙河支流马莫雷河（Río Mamoré），全长1530公里。

斯因这本书声名鹊起，并结识了杰出的自然学家亚历山大·冯·洪堡，两人合作出版了不少著作。

鲁根达斯的第二次，也是最后一次美洲之旅持续了十六年之久，从1831年直到1847年。他不知疲倦地走过了墨西哥、智利、秘鲁、巴西和阿根廷，并留下了成百上千幅画作（据不完全统计，他的油画、水彩画和素描总计达3353幅）。虽然画得最漂亮的是墨西哥，热带的山脉和雨林构成了最独特的主题，但他长途跋涉的秘密目的地却是阿根廷——那个他整个青年时期都魂牵梦萦的地方，那个在广袤的大草原上一眼望去，和地平线同样遥远的神秘空间。他觉得，只有在那里才能颠覆他此前的艺术风格……他一生中都在追寻这危险的幻想。他曾两次穿越了极限：第一次是1837年，从南美洲西部的智利出发穿越安第斯山脉；第二次是1847年，沿着拉普拉塔河而行。他第二次阿根廷之行更加硕果累累，但却一直徘徊在布宜诺斯艾利斯周围，而第一次，在某个瞬间，他曾到达他梦想的中心，真正地踏上了这片土地，即使他为此付出了沉重代价。

鲁根达斯是一位风景画家。他的艺术特点可以概括为"大自然的容貌学"——这是由洪堡创造的术语。作为一位伟大的自然学家，洪堡建立了一门随他的去世而失传的学科："Erdtheorie"①，或者说"地球的物理"。这是一门充满艺术性的地理学，是大自然的美学，是研究风景的科学。亚历山大·冯·洪堡（1769—1859）是一位"整体化学者"，也许是世上唯一一位。他试图从整体上理解这个世界，并认为做到这一点最合适的途径是一种非常传统的方法——视觉观察。除此之外，他并不关注零散的图像，而是注重在一幅画面中这些图像的整合，也就是所谓的"风景"。地理艺术家应该通过风景的特点来抓住它的"面相"（这个术语源自拉瓦特②），而这"面相"正是这位博物学者的研究对象。这些特点是系统性的而非孤立的，其中包括了气候、历史、习俗、经济、人种、动物、植被，等等。诸多要素结合在一幅图画中，给观者一个囊括所有信息的直观感受。一切要素的关键在于"自然的成长"，而在这个过程中植物是最基础的一环。因此，洪堡选择了植被种群数量和生长速度都远超欧洲的热带雨林地区来寻找地貌景观。他在亚洲和美洲的热带地区居住了许多年，并鼓励优秀的艺术家实践他的理论。这唤起了欧洲人对于那些未知区域的兴趣，旅行画家们的作品自然也有了市场。

---

①这是一个德语生造词，由两个德语词erde（地球）和theorie（理论）拼成。
②约翰·卡斯帕·拉瓦特（1741—1801），瑞士面相学家，被认为是面相学的创始人。

在艺术家之中，洪堡最欣赏的无疑是年轻的鲁根达斯。他甚至称鲁根达斯为"地貌景观画之父"，这个评价其实同样适用于洪堡本人。他为鲁根达斯的第二次美洲之旅的准备工作提出了不少建议，他们之间唯一的分歧在于，鲁根达斯决定将阿根廷列入行程之内。洪堡并不希望他的弟子在南回归线以南的地区浪费精力，他在来往信件中毫不掩饰地表达了这个观点："别挥霍了你擅长描绘奇景的天赋，比如，白雪覆盖的山峰、竹林，热带雨林中的植物，同种类但不同生长阶段的植物群；蕨类、芭蕉、羽状叶棕榈树、竹子、柱形仙人球、开红花的含羞草、长枝宽叶的印加树、灌木状的锦葵目植物，尤其是生长在托卢卡①的猴爪树；著名的'阿特里斯科②的阿胡胡特树'（一棵树龄达千年的墨西哥落羽杉）；在树干上盛开的美丽的兰花——当树干上形成了覆盖苔藓的圆形枝节时，石斛兰的球茎便会环绕周围；几棵倒下的桃花心木被兰花、卡拔木和攀缘植物所覆盖；还有高达二十至三十英尺的竹子，长着两列竹叶；蜜熊和龙莲；果实累累的葫芦树；花朵直接簇生于树根上的可可树；落羽杉外露的高达四英尺的根部，形如木桩又似木桌；一块覆盖着墨角藻的岩石；水中的蓝色睡莲；盛开

---

①墨西哥中部城市，为墨西哥州州府所在地。
②墨西哥城市，位于普埃布拉州。

的巴西玉蕊；从山顶上俯瞰热带雨林，在枝繁叶茂的树木那宽大的树冠之中矗立着光秃秃的棕榈树干，就像走廊间的一排柱子，将一片片树林分隔开来；不同形态的香蕉和袖蝶……"

只有在热带地区才能找到大量原始形态的景色。洪堡将形态各异的热带植物分为了十九种，这十九种是按各自形态分类的，和林奈①分类法完全不同——后者抽象地区分了最细微的差别。与其说洪堡是一位植物学家，不如说他是一位描绘生命成长过程的风景画家。从很大意义上来说，他的分类系统构成了鲁根达斯的绘画风格。

在海地短暂停留之后，鲁根达斯于1831年至1834年在墨西哥生活了三年时间。随后他前往智利，并在那里居住了八年之久。在此期间，他经历了一段被中断的阿根廷之旅，为期大约五个月。他原计划横穿全国直达布宜诺斯艾利斯，然后从那里北上前往图库曼省，接着抵达玻利维亚……但这个目标最终却未能完成。

1837年底，鲁根达斯同德国画家罗伯特·克劳斯从智利的圣费利佩德阿空加瓜出发，随行的是一支由马匹和骡子组成的小型马队，外加两名当地向导。他们打算利用夏

---

① 卡尔·林奈（1707—1778），瑞典自然学家，现代生物学分类命名法奠基人。

季的好天气顺利穿过壮丽的安第斯山脉，记录下所有值得一画的风景。

穿越山脉的旅途仅仅走了几天便已到达一半，不过他们停下作画的日子并未被计算在内。雨水催促着他们前行，而画作则被卷起，裹在防雨布内。雨势并不大，只是绵绵细雨，持续了一下午，周围的景色都笼罩上了一层温润的湿气。云层很低，低得快要坠落下来，但是一阵微风便足以将云拂走……然后又吹来另一朵，像是天空和大地间存在一条隐蔽的通道一般。在这魔幻般的场景中，两位画家寻找梦想的视野变得开阔起来。这趟旅程虽然从地图上看七拐八弯，但是他们却像射出的箭一样笔直奔向更广阔的天地。他们一天比一天经历得更多，走得更远。随着海拔上升，空气变得稀薄，气候也愈加反复无常，眼前只剩下高高低低的群山互相重叠。

他们随身带着气压计，用一只薄短袜估算风速，而两支装着液态石墨的毛细管则被当作测高仪。装着红色水银的温度计挂在拴有铃铛的长杆上，就像"第欧根尼的灯笼"[1]一样。马队有节奏的脚步声听上去非常遥远，虽然这声音几乎难以听见，但仍然引起了阵阵回声。

---

[1] 古希腊著名哲学家第欧根尼认为世人大都是半死不活的，因此他常常打着一盏灯笼穿过街头，遇见谁就往谁的脸上照去，以寻找"真正的活人"。

半夜里，突然传来爆炸声、炮仗声和焰火声，它们长久回荡在一望无际的岩石群上，给这些顽固的大石头带去了转瞬即逝的光彩，像是突如其来的祥瑞：1838年开始了，两位德国画家带上了烟花来庆祝新年。他们打开一瓶法国葡萄酒和向导们举杯相庆，然后面朝繁星点点的天空睡下。月亮从磷光闪闪的山峰边缘浮现出来，他们的数羊也随之结束，真正进入了梦乡。

鲁根达斯和克劳斯相处得很愉快。虽然两人都是沉默寡言的性格，但却从来不会缺乏共同话题。他们已经在智利的几段旅程中同行，两人之间总是一片和谐。唯一对鲁根达斯造成困扰的是，作为一名画家，克劳斯的画技实在平庸，这让他无法诚心诚意地赞赏克劳斯的画作。他曾试想，或许因为风景画具有的某种程序性，所以天赋并非必需，然而事实却是，他朋友的作品一文不值。不过，他还是能看到克劳斯除了画技以外的其他品质，尤其是良好的品格。克劳斯还很年轻，有的是时间重新选择自己的发展方向；与此同时，他还能享受远足的愉悦。这至少没有坏处。年轻的克劳斯相当崇拜鲁根达斯，而且这种崇拜并非来自携手同游时产生的小快乐。两人年龄和天赋上的差距难以从外表上察觉，鲁根达斯当时虽然已经三十五岁，但他却很腼腆、柔弱、笨手笨脚，像个愣小子一样；而克劳斯的沉着冷静和贵族气质，以及他与生俱来的彬彬有礼，进一步缩短了两人间的距离。

出发十五天后，他们开始从山脉的另一侧下山，行进速度也渐渐加快了。把翻山越岭当作习惯是很危险的，就像那两位每天都在和山打交道的当地向导。但是，对于两位日耳曼画家，从长期而言，艺术创作练习使他们免受这种危险的伤害；从短期来看，当他们熟悉了四周环境及其表现特征时，这种危险就会产生相反的效果。当马队缓慢行进或停下休息时，他们会讨论画笔下的大自然，以此打发时间。一旦有新鲜事物跃入眼球，他们的言语也因与众不同的发现而激动起来。值得一提的是，当时他们所做的还只是准备性的工作：画草图，写笔记，做记录，等等。纸上草图和文字纵横遍布，有待于日后把这些旅行经历创作成图画或版画。这些画将成为传播的重要载体，它们可能被大量复制，当作细细品鉴的对象。最后它们会被印到书上，与文字为伴。

赞赏鲁根达斯的作品的人远不止克劳斯一个。显然，他的画非常出色，尤其突出的是一种纯朴质感。这种纯朴渲染在画作的每一个细节上，使画作散发出珍珠般的光芒，就像春日的阳光，熠熠生辉。他的画十分易于理解，大自然的真实地貌跃然纸上，并因此广为流传：不仅他出版的唯一一本书《风景如画的巴西之旅》在全欧洲出版业中大获成功，而且其中的插图被广泛用于壁纸的图案，甚至被绘在塞夫尔①产的瓷器餐具上。

克劳斯常常半开玩笑地提起这些成就，而他这位受人崇拜的好友鲁根达斯则对此报以微笑。善意的玩笑并没有减轻荒无人烟的山脉中的孤寂。鲁根达斯在考虑这样一个想法：把阿空加瓜山的风景装饰在一只小小的咖啡杯上，让最庞大和最细小的事物在画笔的日常工作下结合在一起。

就像画其他任何一座特定的山一样，描绘阿空加瓜山并不容易。如果把山脉想象成一个被赋予了不规则艺术感的椎体，那么从不同角度观察都会产生细微的变化。而这种变化使得山脉无法被准确描绘出来。

在这趟旅程中常常会发现新的主题，而主题对于风景画来说至关重要。两位艺术家以各自的水准从艺术和地理的角度记录着风景。他们可以自行解决垂直维度上的地质学问题，因为他们知道如何辨认片岩和玄武岩、石炭枝晶和熔岩，以及植被、苔藓和菌类。但是关于水平维度上的地形问题，他们就得依靠智利向导了。向导们对这些山的名字了如指掌，"阿空加瓜"只是其中之一。

---

①塞夫尔陶瓷厂创立于1738年，1759年成为皇家瓷厂，所产瓷器融汇法国宫廷艺术精华，成为瓷器华丽风格的典范。

水平维度和垂直维度组成了整幅风景，而同样构造的人类社会则居于其上。向导们面对现实总能随机应变：反复无常的天气和两个任性的德国人让他们原本一成不变的生活变得充满不确定。对于这两位客户，向导们既尊重又带有鄙夷，但都分寸有度，不至于冒犯到他们。无论如何，在这两位德国人身上，艺术和科学结合了起来。同样，这也是两人相去甚远的天赋的结合，而非混淆在一起。

旅行和绘画如同拧成了一股绳一般相互交织。路途艰险得令人畏惧，但他们克服了一处处险境，将它们抛在身后。事实上，这的确是一条可怕的路：难以想象一年四季几乎都有旅行者、脚夫和商人从这条路通过。正常人都会认为走这条路简直是自杀。行至中途，海拔达两千米，周围环绕着高耸入云的群山。这条路并不是点对点的直通路，它的出口朝向四面八方。他们眼前的山路异常险峻，不可思议的倾斜角度，从石缝里向下倒着生长的树木，还有在燃烧着的烈日下、消失在积雪层中的陡坡。一束束雨水刺穿黄色的云层，玛瑙被苔藓包裹起来，灌木丛显出玫瑰红色。美洲豹、野兔和蛇是山中的统治阶级。马喘着粗气，走起路来开始磕磕绊绊，不得不停下休息；而骡子总是显出一副坏脾气。

云母遍布的山峰注视着他们的长途旅行。如何才能让人相信这幅景象是真实的？眼前的立方体拥有实在太多的"面"。连绵的火山装点着天空。被寂静吞噬的黎明和黄昏，带来极大的视觉冲击。阳光像被弹弓和炮管射向每一个角落。在无穷的寂静中，一片广袤的灰色被挂起来晾晒，如一扇海洋般广阔的天窗。有一天早上，克劳斯说他做了噩梦，于是那两天交谈的主题成了精神科学以及如何平复情绪。他们想象有一天这里建起了城市的情景。那会变成什么样？也许会有战争，战争过后，留下空置的石砌堡垒，以及梯田、海关和采矿设备。一个智利和阿根廷边境的勤劳民族可能会来此定居，并重建这里的设施。这是鲁根达斯的观点，可能受到了作为战争画家的祖先影响。克劳斯尽管看上去比较世俗，但是倾向于神秘的外来殖民。在难以抵达的巨石之顶，一排寺院传播着最高深莫测的佛学，似驴叫般的小号声唤起了安第斯的巨人和侏儒。他们说："我们应该把它画下来。"但谁会相信呢？

雨水，阳光，整整两天难以穿越的浓雾，夜晚由远及近呼啸着的大风，还有似蓝色水晶般的夜空，那是新鲜空气的结晶。气温时刻在变化，但并非不可预测。事实上，眼前所见的也不是不可预测的。一座座山缓慢地从眼前经过，他们在脑海中玩着把这些山重构的游戏。

两人花了整整一周的时间画下令人目眩的景象。各类脚夫穿行而过，其中，同智利人和门多萨①人的交谈最能引起他们的兴趣。甚至他们还遇到了神父、欧洲人，还有向导的亲戚们。然而，孤寂很快再次降临。那些相遇的人从他们的视线中渐渐远去，却也成为灵感的源泉。

那几年，鲁根达斯已经开始了一种新的尝试：油画草图。这项技术成为一项革新，并记载在艺术史中。仅过了五十年左右，印象派画家们就系统地使用了这项技术。但在鲁根达斯的年代，除了以特纳②为代表的一些英国非主流画家外，没有其他先驱。更糟的是，这项技术曾被认为是粗制滥造的。从一定意义上说，这种评价有些道理，但这项技术却引领了绘画审美的转变。鲁根达斯日常工作的效果就是把一些小片段插入一系列油画或版画的草图中。克劳斯并不这么干，他只能在一旁看着鲁根达斯疯狂创作：后者夸张地涂抹着一团团不协调的颜色。

终于，他们已经明显地将这些山区景色甩在身后了。如果他们再次途经此地，还能认出这些风景吗？（不过他们可不想再来一次。）公文包里纪念品塞得满满当当。"我用双眼带走了它……"一句流行语这么说。但为什么只是双

---

① 阿根廷西部历史名城，与智利接壤。
② 约瑟夫·马洛德·威廉·特纳（1775—1851），英国著名风景画家，擅长油画和水彩画。

眼呢？在整张脸上、手臂上、肩膀上、头发里、鞋跟里……整个神经系统都能感受到它。1月20日，在金光灿灿的余晖下，他们沉迷在寂静的空气中。一队骡子走在山脊的小道上，看上去仅有蚂蚁般大小，像天上划过的星星。仅仅需要养育和繁殖它们的知识，人类便可以用智力和商业利益驱使它们前进。一切都是人类主宰。最原始的大自然被人类的社会性包裹起来，而他们之前的画作，但凡有些价值的，无非都是记录了这样的情景。无尽的群山是他们描绘形状和颜色的试验场。而继续前行，就是鲁根达斯这位旅行画家梦寐以求的地方。阿根廷向他们敞开了大门。

最后一次向后望去，雄伟的安第斯山耸立着，蒸腾着神秘而原始的气息，过于神秘而原始。从几天前起，他们始终走着下坡路，并被难以忍受的炎热所包裹。当鲁根达斯还在最后一处瞭望台欣赏着这片岩石的世界时，他的身体已经被汗水浸湿了。高处的风从山顶刮下片片雪花洒向他们，像是一位好心人为他们送上了一个香草冰激淋。

眼前的景象重新唤起了鲁根达斯从前的疑惑和设想。他曾经问自己是否有能力担负起自己的生活，是否能以工作，也就是艺术创作来维持生计，是否能做到其他艺术家做到的事……那时他已经做到了，不过这要归功于他的年轻气盛，以及在艺术学院学习时的那股动力。当然，还有一点点运气。但他也已经十分怀疑自己能否继续保持年轻的状态。归根结底,他能指望什么呢?他能依靠的只有艺术事业,没有其他选择。如果艺术抛弃了他呢?那他就一无所有了。他没有房子,没有银行存款,也没有做生意的头脑。他的父亲已经离世,他自己从数年前便开始在异国他乡游荡……这曾经使他产生了一种特别的观点:如果其他人也能做到。事实上,所有他遇到过的人,无论是在城市里还是在乡村中,在雨林里还是在深山中,都努力地以这样或那样的方式经营着自己的生活,但他们生活在属于自己的环境中,知道什么可以依靠,而鲁根达斯只能依靠偶然性的恩赐。谁能保证大自然风景画不会过时?到那时他就会像遇难者一样,孤独地漂泊在一片百无一用的美景之中。他的青年时期可以说几乎已经过去,但他却仍孑然一身。他坚持生活在童话般的仙境里,仙女的故事并没有教会他什么实用的东西,但至少他知道了,故事会永远继续下去,总会有更加难以预料的新挑战在等待着故事里的英雄。被抛弃也好,贫困也罢,都只是故事的又一个篇章而已。他可能落得在南美某座教堂门厅乞讨的结局。这有什么不可能的呢?对他来说,任何可怕的结果都不算夸张。

抵达门多萨后,鲁根达斯开始给他在奥格斯堡的姐姐露易丝写信,在信中,他一页页地记录下了那些脑海中的情景。

门多萨是一座盛开满绿植的小城。安第斯山近在咫尺，透明的天空蓝得令人厌倦。极度炎热的天气使得当地人都懒洋洋的，一个午觉就能睡到傍晚六点。幸运的是处处都有树荫，虽然热得难以呼吸，但繁茂的枝叶让空气中富含氧气，让人感到些许惬意。

两位旅行者在智利向导推荐下，借宿在热情好客的戈多伊·德·比利亚努埃瓦家中。这是一幢树荫下的大房子，带有一座果园和几座小花园。三代人和睦地居住在同一屋檐下，孩子们骑着三轮车的场景记录在了鲁根达斯的速写本上，这样的场景他以前从未见过。这是他在阿根廷的处子作，预示着之后他出人意料的轨迹。

在门多萨市及市郊他们愉快地度过了一个月。在同克劳斯一起翻山越岭之后（事实上，这段旅程对于从反方向行进的旅行者更具吸引力），鲁根达斯这位出色的访客得到了当地人的热情招待。他在当地的庄园间转了一圈，开始融入阿根廷的生活。虽然这座边境小城和智利十分相似，但生活已经有了明显的变化。在这条向着东方、向着梦想中的布宜诺斯艾利斯的道路上，门多萨处在起点的位置，这使得这座城市变得独一无二。另一个特点是无论在市内还是在市郊，所有的建筑看上去都是新的。它们的确都是新的，因为地震会使当地所有人力建造的东西每过五年更新一次，而这些重建工程让当地经济保持着活力。门多萨的畜牧业在地壳活动下蓬勃发展。来自地底的危险促使门多萨的牛更快地生长，并及时供应给安第斯山那面的市场。鲁根达斯曾打算描绘一场地震，但被告知天文钟显示当时并不是发生地震的时机。尽管如此，生活在门多萨期间他依然没有放弃见证一场地震的希望，虽然并没有表露出来。他的这个愿望和其他愿望一样落空了。门多萨留下了一些因为这样或那样的原因没有兑现的承诺。最终，他们还是启程离开了。

鲁根达斯的另一个梦想是见证一场印第安突袭。在这个地区，这样的突袭可谓真正的"人类飓风"，但鉴于印第安人的天性，它不会遵循任何时间规律，没有预兆。人们几乎不可能预见它的发生，它可能在一小时内爆发，也可能直到第二年都没有发生一次（现在仅仅是1月）。也许鲁根达斯已经接受了画这幅画的报酬，因此这一个月里每天早上，他都抱着秘而不宣的期望起床，希望当天印第安突袭就会发生。他所期望的并不是什么好事，就像地震一样。这样的隐瞒让他对风吹草动十分敏感。他并不完全相信地震是毫无征兆的，因此反复地从专业的角度询问当地人地震预兆的标志。这些预兆来得很突然，一般发生在地震前的数小时甚至数分钟：狗会上蹿下跳，母鸡会啄它们自己的蛋，蚂蚁遍地爬，植物突然开花，等等。然而，即便发现预兆也为时已晚。鲁根达斯确信印第安突袭也应该是有预兆的，在人文层面上，事先一定有某种突变。但他已经没有机会去证实自己的想法了。

尽管鲁根达斯习惯于让大自然激励自己前行，尽管他已经允许自己将行程一推再推，但他现在必须继续前进。这并不仅仅是出于现实的催促。多年来，这位画家已经在脑海中渐渐构筑了阿根廷的神话。在阿根廷的门口徘徊了一个月之后，他渴望深入境内一探的急切愿望愈加强烈。

启程的前几天，埃米利奥·戈多伊组织了一次短途旅行，造访城南十里格①外的一座畜牧场。在这些风光如画的景点之间有一座小山丘，从那里可以向南眺望山麓和森林的全景。根据当地人的说法，在这些栈道中经常出现印第安人。他们从那个方向前来发动突袭，之后门多萨的庄园主们发起报复，在追击这些印第安人的途中他们看到了壮观的景象：冰封的群山、湖泊、河流，还有无法穿越的森林。"您应该把这场景画下来……"鲁根达斯已经不是第一次听到这样的建议了。数十年来不管他去哪里，总能听

---

① 一种古老的长度单位，常见于欧洲和拉丁美洲，表示一个人徒步或骑马行走一小时的距离。各国对"里格"定义不尽相同。在阿根廷，一里格约合5196米。

到这句话。对这类建议他已抱有怀疑的态度。谁能知道他应该画什么？广袤的潘帕斯草原近在眼前。他感到真正的艺术驱使他前往另一个方向。尽管如此，戈多伊的描述还是让他浮想联翩。想象中的印第安冰雪王国是如此神秘而美丽，以至于任何一幅画都无法将它描绘出来。

而与此同时，他能够画出来的则完全是另一幅出人意料的景象。在他雇用向导的过程中，他见到了一件让他十分震撼的东西：一架用来穿越潘帕斯草原的大马车。

这是一件庞然大物，大到让人相信任何自然的力量都无法将它撼动。鲁根达斯第一眼见到它时，呆呆地盯了它许久。看着这台大家伙终于开动起来，他仿佛发现了大草原蕴含的魔力。第二天他回到了货物装卸站，又过了一天，他补给了纸和石墨。画这些马车既简单又困难。鲁根达斯注视着它们缓缓启动。它们的速度如蜗牛般缓慢，慢到只能以每天或每周行进的距离来计算。对于一位以画蜂鸟而闻名的画家来说，描绘速度的另一个极端也并非是自相矛盾的事。鲁根达斯把这个问题留到以后，因为在旅程中有的是机会观察大马车的动态。现在他关注的目标是卸了货的那些空车。

由于只有两只轮子（这也是这种马车的特点），在空车状态下它总是向后倾斜，而车辕则以四十五度角斜着指向天空，车辕的前端像是没入了云层中。它足够拴十对公牛，可见其长度。它坚实的车体为了承载大宗货物而进行过加固；对它来说整幢房子，加上里面的家具和住户，都不算太大。两只牧豆树①制成的轮子如摩天轮般硕大，辐条粗壮如房梁，中心是上满了油的青铜轮毂。在画它的时候必须在它边上画上一个人，这样才能准确体现出它的尺寸之大。鲁根达斯需要寻找这样的"配角"。在排除了那一大批维护工之后，他选择了马车的驾车人。这些驾车人都是些"大人物"：由于工作的重要性，他们处于这个行业中的"上层社会"。他们的双手必须在很长一段时间里掌控着这超级马车（还不算车上那些价值抵得上一位达官贵人全部家当的货物）：在门多萨到布宜诺斯艾利斯的直通道路上以每天大约两百米的速度行进，大概需要一辈子才能走完。从他们的眼神和一举一动中，这些驾车人经过一代代传承而来的令人崇敬的耐心体现无遗。考虑一个实际的问题："重量"和"速度"是两个关键的变量，载重越小则速度越快，反之亦然。显然，这些运输者在面对这片大草原时，选择了"重量"。

突然地，这些马车出发踏上了旅程。一星期后，虽然

---

①一种生长在美洲的植物，黑色且相当坚硬。

他们也就走出了咫尺之遥,但的的确确逐渐消失在了地平线远端。鲁根达斯无法对朋友掩饰自己孩子般急切的心情,渴望沿着大马车的轨迹启程。他感到出发的时机到了:骑着马快步沿着这条路前进,赶上前一个地质年代,或是在神秘的宇宙起源之前出发的马车(当然这是夸张的说法)。然后超越他们,迈向真正的未知世界。

沿着马车的轨迹,他们上路了。这是一条直通布宜诺斯艾利斯的道路,然而对鲁根达斯来说最重要的不在终点,而是在途中,在那不可思议的阿根廷腹地。在那里终于出现了能够挑战鲁根达斯的画笔的景色,迫使他创造新的技法。

和戈多伊一家的告别相当感人。主人们问鲁根达斯:"以后还会回来吗?"但是,他的行程表中没有这一项:从布宜诺斯艾利斯出发前往图库曼省,从那里往北用数年时间穿越玻利维亚和秘鲁,最终返回欧洲……但也许有一天他会沿着自己在美洲的足迹原路返回(此时此刻他脑海中忽然浮现出这个想法),再看一遍现在看到的一切,再说一遍现在说过的话,再遇见一次眼前那些微笑的脸庞——还是同样的笑脸,既没有变年轻也没有变老……艺术家的想象力使他幻想出这第二次旅行,像是体形对称的大蝴蝶的另一只翅膀。

他们带上了一名老向导和一位年轻的厨师，还有五匹成年马和两匹小母马。他们终于可以摆脱那些脾气暴躁的骡子了。天气依然炎热，而且还越来越干燥。经过一星期缓慢前行，安第斯山以及那些山麓上的树林、河流和飞鸟都已经被抛到身后。对付不听话的俄耳甫斯①的一个好办法就是将身后的一切全部抹去。现在，回头已经没有任何意义。在大草原上，空间的概念变得渺小，甚至只存在于精神层面上。在逐渐适应环境的过程中，他们没有拿起画笔，而是估算着走过的路程。每当他们超过一架大马车，就会产生一种一下子跳过几个月的心理作用。

他们适应了草原上的新生活。在一片广袤中，路面上的一些小隆起不断指引着前进的方向。他们开始有规律地进行狩猎。晚上老向导会讲一些故事作为娱乐活动。他简直是当地历史的一本活字典。由于一些原因（肯定是因为他们当时没有开始作画），鲁根达斯和克劳斯整日在马背上谈论着艺术和历史的关系，一个此前他们也多次聊过的话题。现在他们差不多能把之前的零散论点结合起来了。

---

①希腊神话中阿波罗之子，擅长弹奏七弦琴。妻子死后，他用琴声感动了冥后珀尔塞福涅，俄耳甫斯获准将妻子带回人间，条件是途中绝不能回头看她。俄耳甫斯带着妻子一路前行，在即将回到人间的时刻他终于忍不住回头，结果他的妻子又坠入了死亡的深渊。

他们已经达成共识的一个观点是,历史的好处在于让人知道万物都是怎么来的。自然界中或者文化界中任何一个场景,无论包含多少细节,都不会显示出它是如何构成的,以什么样的顺序出现的以及组成这场景的各要素间的因果联系。所以,这就能解释为什么会产生那么多故事:因为人类需要知道一切事物的由来。鲁根达斯从这一点出发进一步思考,得出了一个相当矛盾的结论。他假设,如果所有的故事都不再流传,事实上也不会少了什么。这一代人,或者未来的下一代,仍然可能经历和过去曾发生过的相同的事件,而无须别人把这些故事讲给他们听。就算在这样或那样的情况下人的行为是大脑思考的主观结果,但占统治地位的还是事实本身。甚至,即便没有故事流传,过去的事件也可能在将来重现得更为精确。和这些传说相比,更值得流传下去并发挥其优势的是能够使人们自发地重构过去所发生的事件的一套"工具"。人类最有价值的创造都是值得重现的。"工具"的核心在于其风格,因此从这个意义上来说,艺术比那些长篇大论更有价值。

在空荡荡的天空下,有一只鸟儿滑翔而过。地平线上停着一架大马车,像白昼中的一颗星。如何重新创造出这样一片大草原呢?无论如何,早晚都会有人重现这次旅程。这让他们变得有时谨慎,有时大胆;谨慎是为了避免犯一些错误使这趟旅程无法被重复，大胆是为了让这趟旅程像一场有价值的探险。

谨慎和大胆形成了一对微妙的平衡，就如同他们从事的艺术一样。鲁根达斯又开始后悔没有见证印第安人的暴动。也许他应该再等上几天……他心中产生了一种无法言说的怀念，怀念那件最后没有发生的事和它可能会带来的影响。这是否意味着印第安人在这趟行程中扮演了一个角色？至少他们一次次的突袭就是历史的缩影。

鲁根达斯依然在拖延开始工作的日期，直到有一天他找到了比原先更多的促使他开始创作的理由。在火炉边一次偶然的谈话中，老向导向他们澄清了这样一个事实：他们仍然没有到达阿根廷潘帕斯大草原，虽然现在所处的地方和那里非常相像。真正的潘帕斯草原要到圣路易斯①才会开始。老向导认为这两个德国人显然对"潘帕斯"有所误解。鲁根达斯觉得，在某种程度上他们确实是有误解，但事情本身并不那么简单，也不该那么简单。他动用他所学会的所有词汇仔细地询问着向导，难道所谓的"潘帕斯"比现在正在穿越的这片草原更广袤？他不相信，不相信有什么能比地平面更宽广。但是，向导用他这样严肃的人身

---

①阿根廷中部的一个省份，首府为圣路易斯市。

上很少见的得意的微笑向他们保证，自己说得没错。关于这个问题，鲁根达斯一直和克劳斯聊到很晚。他们在繁星下点起了雪茄。尽管如此，他们还是没有什么正当的怀疑理由。如果存在着"潘帕斯"（同样他们也没有理由怀疑它的存在性），那它就在不远的前方。在融入一片宽阔平坦的大草原三个星期之后，告诉他们真正的草原更加宽广无疑是在挑战他们的想象力。由此他们也可以理解当地人对现在这片草原的不屑——向导竟然用"多山"一词来形容这段路。一张光洁的桌子、一潭平静的湖水、一片铺开的广袤土地，这片草原给他们带来如此的印象。然而现在，他们不得不给自己提个醒，真正的大草原还不是眼前这个样子。这是多么奇妙，多么有趣的事。在向导看来，圣路易斯近在咫尺，他们还是满怀如此强烈的渴望。随后两天，他们继续行进，小山丘像变戏法似的出现在他们眼前：他们到达了蒙尼哥特山和阿瓜艾迪昂达山①。第三天，他们进入了空荡荡的原野。险恶的自然环境震撼了这两个德国人，而更令他们惊讶的是，随行的两位高乔人②同样也为

---

①阿根廷圣路易斯山脉中的两座山峰，位于阿根廷中西部，海拔分别为2105米和2150米。
②指生活在阿根廷潘帕斯草原的原住民，是印第安人和西班牙人结合的混血民族，多为牧民，善于骑马作战。

之震惊。老向导和年轻的厨师细细低语,前者甚至数次下马抚摸大地。他们开始意识到这片草原竟然没有草,简直连草的影子都见不到。刺菜蓟光秃秃的,不长一片叶子,像是海里的珊瑚。显然这片地区正被干旱肆虐,而且没有人知道干旱会持续多久。土地干涸开裂,然而他们不能确定地上是否积了一层尘土,因为这里根本没有一丝风。这是一片死一般的寂静,听得到马蹄声、说话声甚至是呼吸声造成的回音,令人毛骨悚然。他们时不时看到那位老向导在焦虑地听着,于是他们也依样画葫芦。然而,除了心理作用造成的微弱的嗡嗡声外,他们什么也没有听到。老向导似乎有所怀疑,但模糊的恐惧感使他们没有去问他在怀疑什么。

在这片恐怖的空虚中他们继续行进了一天半的时间。空中没有一只鸟儿飞过,而地上也没有豚鼠、美洲驼或兔子,甚至连蚂蚁都销声匿迹。大地遍布着像是由琥珀拼成的光秃秃的结痂。终于,当他们到了一条河边补充淡水时,向导证实了自己的怀疑。这个疑团在河对岸体现得更加显著:那里不仅寸草不生,而且一大片树木(绝大多数是柳树)的枝条上见不到一片叶子,像是严冬突然降临开玩笑般地把它们的叶子全部拔光了一样。满眼都是矗立着的青紫色的骨架,纹丝不动。这是多么让人印象深刻的景象。

并非只因为叶子全部掉落了，也由于这片大地全是清一色的硅土。

是蝗虫。向导最终揭示了谜底：这种《圣经》中的害虫来过这里。如果说向导有意拖延了揭开谜底的时间，那也是因为他想得到确认。他此前仅仅听闻过被蝗虫肆虐过的样子，却从没有亲眼见过。他也听别人说过蝗虫成群结队行动的场景，但他选择不说，因为那听上去令人难以置信；虽然在看过蝗虫肆虐的结果后，任何想象都不会夸张。克劳斯想到了他的朋友抱怨错过了印第安人的突袭，便问他这次是否也遗憾自己来得晚了。鲁根达斯在想象这样的场景：绿油油的草原在一片带着嗡嗡声的乌云席卷而过后，瞬间变得一无所有。这能成为绘画的素材吗？不能，除非有一种动态的画。

他们沿着自己的方向继续行进，没有一点耽搁。追寻这群蝗虫的方向是毫无意义的，因为受灾的范围实在太大了。他们能做的只有快点到达圣路易斯，然后在可能的情况下好好享受一番。这些都是宝贵的经历，虽然他们每时每刻都在错过一些东西。空气中的微微振动都会形成像是预示末日到来的回声。

一些现实的问题让他们很难享受草原生活。当天下午，已经被迫禁食了两天的马再也坚持不住了。它们变得无法驾驭，因此众人不得不停下脚步。更糟糕的是，气温依然在不断攀升，差不多升到了五十摄氏度。空气已经彻底不流通了，气压迅速下降。一大片灰蒙蒙的云压在他们头顶上，然而并没有把刺眼的阳光减弱多少。现在该怎么办？年轻的厨师显得十分害怕，离那些马匹远远的，好像它们会咬他一样。老向导一直低着头，对自己作为向导的失败感到惭愧。这也算是情有可原，因为他也是第一次穿过一片被蝗虫啃得精光的区域。两位德国人在低声地商量些什么。他们好像处在一片月海之中，地平线的远端矗立着一些小山丘。克劳斯建议把饼干磨碎，加上水和牛奶调成羹给马匹们吃，再等上几个小时让它们平静下来，然后趁着傍晚的凉爽再次启程。对鲁根达斯来说这个计划荒谬得根本没有讨论的价值。他提出了一个更合理的方案：飞奔到山的另一侧进行调查。大概是习惯于在图画中衡量距离，这些小山的遥远被他们视若无物；其实，他们正处于这些山之间，因此，山上的植物可能也没有幸免于蝗虫的席卷。他们去请教向导，但向导却一言不发。不过，不管怎样还是有理由假设山坡形成了阻挡蝗虫的屏障，在山另一边可能可以发现一片布满三叶草的草原。鲁根达斯做出了决定：他自己去南边的山坡，而他的朋友克劳斯去北边的。克劳斯拒绝这么做。他觉得现在马匹已经处于如此糟糕的状态，再驱使它们疾驰是一件相当鲁莽的事,更不用说暴风雨也快降临了,因此,他断然拒绝了朋友的提议。鲁根达斯不想再无休止地争论,于是便单独出发,并说自己两个小时以后回来。他扬起马鞭,马匹释放出一种神经紧张的能量。人和马都被汗水浸透了,像是刚从海里捞出来一样。汗水还没滴到地上就已经蒸发,形成一条含盐蒸气的轨迹。鲁根达斯注视着灰色的山峰,这些山峰看上去随着马的行进而改变着方位;有一座山偷偷地转到了他的背面。他已经进入了山中(他在想,为什么人们叫它"蒙尼哥特"[①]?),大地依然光秃秃的,找不到一丝一毫会返青的迹象。天气的闷热程度仍在不可思议地上升。鲁根达斯勒马驻足四处观望,发现自己正处在一座黏土和石灰岩构成的巨大的古罗马竞技场里。他能感受到马匹已经极度神经质,而他自己也感到胸口发闷,而且这种感觉正迅速地加剧。空气显出一种他以前从未见过的、像铅块一样的灰色。这是一种透明的黑暗。云层压得更低了,低到能听得见内部的隆隆雷声。"至少天气要凉下来了。"他这么安慰自己。这句话是他青年时期脑海中产生的最后一个念头以及嘴上说出的最后一句完整的话,此后他生命中的一个阶段便告一段落。

[①] 在西班牙语中意为"布偶"或"制作粗劣的雕像"。

接下来发生的事直接刺激到了鲁根达斯的神经。这是持续时间很短的一系列事件。突然间,一束强烈的Z字形闪电照亮了整个天空,宣告暴风雨的到来。闪电距离地面相当近,照亮了鲁根达斯那整张惊呆得凝固起来的脸。他觉得他的皮肤能感受到闪电带来的灾难性的热浪,双眼中瞳孔收缩得几乎消失。令人不可思议的毁灭性力量把他卷进了亿万股冲击波中。他胯下的马开始原地转圈,只要头上电闪雷鸣马就不停地打转。人和马像是组成了一尊被闪电点燃的镍制雕像。在一瞬间,鲁根达斯看到了自己身体在发光,而且,这一恐怖场景反复地出现。马的鬃毛全都竖了起来,像是一条剑鱼的鱼鳍一般。在这一刻,他像是脱离了自己的身体,和其他灾难中的遇难者一样问自己,"为什么偏要降临在我头上?"全身血液都通上电的感觉非常恐怖,但也转瞬即逝。显然,充电快放电也快。但即使如此,对身体也不会有一点好处。

马匹跪倒在地。鲁根达斯疯狂地踢着它,两腿抬到几乎垂直指向天空,然后使出了一招"剪刀腿"式的动作。这匹马也好似在放电,好像身边有一只波浪形边缘、闪着磷光的金色托盘被点燃了一般。这样的放电持续了几秒钟之后,马站了起来尝试行走。在如午夜般的黑暗中,电量充足的轰雷在头顶上炸响,而粗细不均的闪电则互相交织起来。山上滚动着一些一个房间大小的白色火球,闪电就好像是这局桌球游戏中的球杆。马又打起转来。鲁根达斯已经彻底麻木了,他用力拽着缰绳直到它从手中滑落。眼前又是一望无际的平原,找不到任何出口,因为任何方向都是出口。频繁的雷电活动使方向难以辨认,雷声一响大地都在颤抖。马匹开始迈着缓慢的脚步用超越本能的谨慎向前行进,每一步都把马掌抬得很高。

不到十五秒下一道闪电便接踵而至。这道闪电更加强烈,更加具有破坏力。人和马被震飞大约二十米的距离,像一团篝火般爆燃起来。不过这一下摔得并不致命,因为体表发生的分解反应产生了缓冲和反弹的效果。不仅如此,马的鬃毛因雷击而产生磁化,像一块磁铁一样吸住了鲁根达斯,使他在翻滚过程中始终骑在马背上;然而在一次撞击地面后这种磁性减弱了,鲁根达斯发现自己被甩到了干燥的土地上,脸朝向天空。云层中一道道纷乱的闪电构成了一幅幅噩梦般的场景,但马上又从眼前消失。一瞬间,鲁根达斯似乎从这些图案中看到了一张恐怖的面孔。这就是"蒙尼哥特"!周围的雷声震耳欲聋,一声接着一声,一声盖过一声。周围环境极度恶劣。马像螃蟹一样在地上打滚,千万团小火球在四周爆燃,像是一层光环随着马匹移动却似乎没有烧到马身上。鲁根达斯和马有没有喊叫?也许他们已经受到过度惊吓而无法发声；但即使喊了，也不可能有人听得到。他用双手在地上不断摸索，想找到一处支撑点好让自己坐起来，但他却动弹不得，什么都摸不到。马正在努力站起来，算是给了鲁根达斯一点安慰：和伙伴暂时分开总比再挨上第三记闪电来得好。

马终于站了起来。在鲁根达斯眼里，这时的马显得高大雄壮，把眼前闪电织成的网遮去一半。它那像长颈鹿一样的长腿歪歪扭扭地迈着步子，回过头似乎倾听着野性的呼唤……随后马就走了……

但鲁根达斯也被拖着走了！他没有办法明白，也不想明白到底发生了什么。那匹马好似庞然大物，他感觉自己被拖曳着，甚至漂浮了起来（受了电的影响），像是绕一颗危险的星球运行的卫星。马越跑越快，鲁根达斯被挂在后面，晕头转向地不断撞击地面。

他没有注意到他的一只脚被马镫给钩住了。这是一种非常常见的骑马事故，从古至今一直都在不断地发生。闪电的停止和它的开始一样突然，对鲁根达斯来说，这不是个好消息，因为闪电可以迫使马再次停下脚步，从而给这位画家省去之后的大麻烦。然而，电流却被云层吸收了，风开始刮了起来。下雨了……

没人知道马跑出了多远，事实上也没有什么必要知道。

不管距离是长是短，悲剧已经酿成。第二天天亮时，克劳斯和老向导找到了他们。那匹马找到了一些三叶草，昏昏沉沉地吃着，马镫子上拖着一具流着血的身躯。经过了整晚的寻找之后，克劳斯曾在极度痛苦中判断他的朋友已经死去。找到朋友略微减轻了他的痛苦：鲁根达斯倒在那里，脸朝地，一动不动。克劳斯和向导马上朝他跑过去，看到他略微动了一下，仍然保持着嘴啃泥的姿势；但这微弱的希望却很快破灭了。他们意识到鲁根达斯并不是自己在动，而是被马匹漫无目的的小碎步拖行着。两人赶忙下马，前去把鲁根达斯从马镫子上救下，并把他翻了个身。恐怖的场景让他们目瞪口呆。血染的脸肿了起来，前额骨头外露，破碎的皮肤耷拉在眼睛上。他那奥格斯堡人典型的鹰钩鼻已经完全变形无法辨认，裂开的嘴唇向内蜷缩，将一口奇迹般完好无损的牙齿暴露在外。他们第一件事是确认他是否还有呼吸。鲁根达斯的确还活着。这一事实让他们的行动更加急迫。鲁根达斯被放在了马背上驮走。向导又重新履行了自己的职责，回忆起了几座牧场的方位并指明了方向。上午他们就找到了。他们给穷乡僻壤上那些可怜的农民带来的"礼物"无疑让他们感到不安。不过至少他们可以负担起救援任务，对伤员进行初步处理。他们给鲁根达斯洗了脸，尝试用手指尖把破碎的皮肤重新拼好，敷上金缕梅制成的膏药使其结痂，并确认脸上没有碎骨。虽然衣服都已破烂不堪，但除了胸部、肘部及膝盖的一些划痕以及皮肤上的割裂外，他的躯干没有受到什么损伤；所有的伤都集中在头部，他的头部就好像成为了他在地上滚动时的轴。这就是蒙尼哥特的报复？谁知道呢。人的身体是一件奇怪的东西，当遭受非人力造成的灾难时，后果往往是不可预知的。

鲁根达斯当天下午恢复了意识。早早醒来显然是有好处的，不过让他醒来的是他此前从未经历过的、无法忍受的疼痛。此后的二十四小时他都在惨叫中度过。一切止痛的方法都无济于事，当然可用的手段也仅限于一些医用布和意志力。克劳斯不停搓着双手，他和鲁根达斯一样难以进食，难以入睡。他们已经去圣路易斯找了一名医生，那位医生晚上冒着大雨快马加鞭地赶来。第二天他们的工作是把伤员用行政长官派来的马车送到圣路易斯省首府去。医生给出了谨慎的诊断：他认为剧痛由一些裸露的神经末梢引起，这些神经末梢迟早都会被重新包裹起来。这时，鲁根达斯恢复了说话能力，可以进行交流了。这多少缓解了紧张的气氛。在医院里，伤口可以得到缝合，而愈合的情况取决于细胞组织的特性。其他的一切都只能听老天的安排。医生还带来了吗啡，并给他开了大剂量，让他在车上睡了一路，省去了夜晚穿越沼泽时可能产生的麻烦。鲁根达斯在医院里醒了过来，当时正好在进行伤口缝合。也许之前应该给他双倍剂量好让他一直保持平静。

一星期过去了。医生给他拆了线，伤口愈合得很快。绷带已经可以去掉了，而且他已经可以吃固体食物了。克劳斯一直陪伴左右。圣路易斯的医院像是一座位于市郊的大牧场，里面居住着几只半人半兽的怪物，都是些遗传基因变异的产物。这些家伙住在医院里，但无药可救。对鲁根达斯来说这是令他难忘的十五天，这段记忆一直刻在他的脑海中。当他可以下地并在克劳斯的搀扶下出门散步的时候，他就不想再回去了。当地的行政长官慷慨招待了这位伟大的画家，让他住在自己家里。又过了两天，鲁根达斯开始尝试着骑马和写信（第一封信是写给在奥格斯堡的姐姐，信中以几乎是轻松写意的口吻描述了自己遇到的麻烦；相反地，在给智利的朋友们的信中，他以近乎夸张的手法描绘了一幅阴暗的画面）。他们决定立即出发，不过并不是沿着原先的道路。将他们与布宜诺斯艾利斯隔开的那片广袤的未知地带一时间还是一个无法承受的挑战。他们打算先折回圣地亚哥，这是距离最近的拥有合适医疗条件的地方。

虽然鲁根达斯身体恢复神速，但离完全康复还有很长一段距离。他以泰坦巨人般顽强的生命力从死亡的深渊爬了出来，不过这个过程在他身上留下了印记。先不说他脸上的伤痕。尽管在头几天引发剧痛的裸露神经已经重新被包裹起来，尽管最难熬的时刻已经过去，但在大脑额叶中神经末梢有些杂乱的连接引发了严重的偏头痛。头痛来得很突然，每天都会发作几次，发作时鲁根达斯眼前的一切似乎都变得扁平，旋即像屏风一样折叠起来。这种感觉越来越强烈，他开始大喊大叫，常常摔倒，耳边回响着尖锐的耳鸣声。他可能从未想象过神经系统中可以产生如此剧烈的疼痛，简直到达了他身体的极限，以至于不得不服用大剂量的吗啡。偏头痛发作让他变得很脆弱，手脚无法协调，感觉像是踩在高跷上。他开始一点点地回忆之前发生的事故，并讲给克劳斯听。马也幸存了下来，而且还能发挥作用。事实上，这匹马他还经常骑。鲁根达斯把它重新命名为"拉约"①。骑在它背上的时候，他觉得自己感受到全身血液在倒流。他对这匹马毫不怨恨，反而和它相当亲近。他们是雷电灾害中的两名幸存者。在止痛药的帮助下，鲁根达斯重新拿起了画笔，他的绘画技法并没有受到影响，因此不必重新去学如何画画。艺术的无差别性又一次得到了体现：尽管鲁根达斯的一生可能已经被一分为二，

---

①西班牙语中意为"闪电"。

但绘画依然是他"梦想的桥梁"。他不像自己的祖先一样不得不训练左手。要是他也这样多好！如果说中枢神经位于他的正中央，那他到底应该用哪一边呢？

鲁根达斯靠着药物活了下来，过了一段时间这些药物才慢慢被代谢掉。他给克劳斯讲最初几天药物使他产生的幻觉。他说他清晰地看见了（就和克劳斯眼中的他一样清晰），一群有魔力的怪物在他身边吃喝拉撒睡，甚至在用哼哼声和咩咩声相互交谈……克劳斯纠正了他的误解：这些是真实的。所谓的"怪物"是那些在圣路易斯医院里度过一生的可怜的家伙。鲁根达斯惊呆了，直到下一次偏头痛来袭。多么令人不可思议的巧合！大概所有的噩梦无论多么荒诞都和现实有着某些联系。然而，尽管有这样的相关性，"现实"仍然是另一种完全不同的记忆。当他脸上的缝合线被拆掉的时候，他能清楚地感受到这些线的滑落。在半梦半醒的状态下，他仿佛感到"木偶线"被抽走了。这些木偶线操纵着他的感觉，或者说操纵着他用来表达感受的表情，这两者本来就是一回事。克劳斯对此没有表达任何看法。他移开了视线并赶忙改变话题。但这并不容易。改变话题是最难掌握的艺术之一，几乎是所有其他艺术的关键。而且这次，"改变"本来就是话题的关键词。

他的脸受过重伤。一道深深的疤痕从前额的中央向下，直到他那形似猪鼻、鼻孔一高一低的鼻子；随后向双耳延伸，如同一张红色的网。嘴巴像玫瑰花苞一样收缩着，布满皱纹。他的下巴朝右歪，导致脸上只有一侧有一个汤勺般的酒窝。大部分的损伤都似乎是永久性的。想到人的脸部如此脆弱，克劳斯不禁浑身发抖。像一只陶瓷罐子一样，只要一击便能永远留下裂痕。相比较而言，人的性格则会保持更久。精神上的特性似乎是永恒的。

尽管如此，鲁根达斯大概也能够习惯和这样一张脸对话，等待，甚至是预言它的回应。更糟糕的是他的肌肉，就像是他自己臆想出来的故事一样脱离了"木偶线"，不再听从他的指令，自顾自地动起来，而且比往常更活跃。这应该是受损的神经系统所造成的。不过幸运的是，或者说奇迹般的是，神经的损伤仅限于脸部，同安然无恙的躯干和四肢相对比，他脸部的伤变得更加显著。这是一个逐步加剧的过程：轻微的颤抖在几秒钟内引发了整张脸像"圣维托之舞"①一样失去控制。除此之外，他的脸色也变了，变得如彩虹般五颜六色。紫色、粉红色和土黄色在他脸上不断变幻，就像是一支万花筒。

克劳斯觉得，从那样一张面具后看出去，世界应该会

---

①西德纳姆舞蹈症（又称风湿性舞蹈病）的别称，临床表现为面部和手足的快速舞蹈状不自主运动。

变得不同。不仅仅是近期的记忆中混杂着幻觉，甚至日常生活也是这样。鲁根达斯不太会谈起这个话题，他还在逐渐适应着这些症状。而且，显然他没有时间通过思考就这个话题得出一个结论，因为平均间隔三小时他就会受到这些症状的侵袭。疼痛像是一股从体内刮起的旋风，来袭的时候鲁根达斯只能任其摆布。这一点不用多加解释，因为已经体现得很明显了，尽管他说当时他感到自己毫无生气。

"amorfo"（无生气的）和"morfina"（吗啡），这是一组有趣的拼写的巧合。后者不断在他的脑中积聚。在吗啡的作用下，他又重新开始画画，并使他症状减轻的时间和作画的时间有了规律。他的生活部分恢复了正常。周围的地貌使他并不需要重新找回自己的技法，因为圣路易斯的迷人风景就是恢复练习的理想对象。大自然以洪堡的十九分类法映入脑海，蒙上了一层伊甸园的面纱。这就是"吗啡的风景"。

无论在多么艰苦的环境中，艺术家总是能在创作过程中不断有所收获。鲁根达斯发现了一种此前从未意识到的地貌特性。他发现地貌具有重复性：各种片段总会照原样重生，而且几乎不会改变在整幅风景中的位置。即使是对画风景的画家来说，这也是很难察觉的，因为这些片段的尺寸各异，小到一个点，大到一幅全景（远超过一幅画的内容），而且它们的轮廓会受到全景的影响，像一条龙一样时而缩小时而变大。

和其他很多发现一样，这个发现显得没有什么作用。但也许有一天它会派上什么用场。

不管怎样，艺术是鲁根达斯的个人机密。掌握它的代价是高昂的。鲁根达斯付出了他的一切，包括那场事故及事故之后的后遗症。在这重复和组合的游戏中，他甚至把自己隐藏起来，成为不可见的艺术化身。艺术的历史就是不断地重复。

为什么这样的痴迷使他出类拔萃？为什么只有质量可以作为衡量他的作品的标准？事实上，如果脱离了质量他根本无法考虑这个问题。如果他出错了呢？如果他产生了不良的幻想呢？为什么他不像其他人一样（就比如近在身边的克劳斯），尽力而为，然后把更多的精力放在其他事情上？这样可以产生很好的效果，至少可以让他投身更多种类的艺术。如果他愿意，他可以把每种艺术都尝试一遍。一位艺术家能够在一生中完成这个目标。这样的宏愿源自洪堡的设想，他曾想创造一台囊括所有知识的机器。拆开这台无所不知的机器，里面包含着各种各样的艺术风格，每种风格都对应着一种艺术形式。

十天后，他们返回了门多萨（两地相距五十里格）。骑着同样的马，走着同样的路，超越同样的大马车，随行的是同一位向导、同一位厨师。唯一改变的是鲁根达斯的脸，还有行进的方向。一路上他们因为雨水、风以及一些相似的事情耽搁了少许。戈多伊一家几周前就听说了鲁根达斯的遭遇，并再次热情招待了他。他们细心地给这位画家安排了一间单间，那里更加安静舒适，而且同样能享受到家庭般的照顾。这间房位于房顶，原来是一处瞭望台，直到被房子周围逐渐长高的树遮挡而失去作用。三月中旬热浪已经散去，现在戈多伊一家已经可以把它提供给客人。在盛夏时节，这间房间就像一只陶瓷炉。

孤独对鲁根达斯来说并不是坏事。他开始自力更生，整天都没有克劳斯的陪伴减轻了他心头的负担。这并不是因为他忠实的模范朋友打扰了他，而是因为他想让克劳斯一个人安定下来，在陪护他数个夜晚之后有时间去欣赏门多萨的景色。鲁根达斯害怕自己成为别人的负担。在这间小屋里他尽可能地重拾一些自尊。

在这些日子里，鲁根达斯独自集中精神思考着。他应该把过去发生的事都消化掉，并为自己的未来寻找一条合适的道路。他曾长时间保持写信的习惯，这次也不例外，用信件记下自己内心的矛盾。小巧的字密密麻麻地填满了一页又一页。他一生都是一位笔耕不辍的信件作者，写得清晰明了，条理井然，细节丰富，包罗万象。这些信件都被完整地保存下来，给了传记作家们极为丰富的纪实材料，使他们可以准确地重构鲁根达斯的每一天，甚至是每一小时的旅行生活，不会遗漏他内心的每一次反应、每一次犹豫、每一次波动——可惜没有人尝试这么做。鲁根达斯的书信宝库将他充满神秘的生活一丝不漏地反映了出来。

刚回到门多萨的这几天，他的神经质表现有双重的原因。在圣路易斯他寄出了一些便条纸，上面用颤抖的笔迹记录着他的承诺。现在，履行承诺的期限已经到了，但他的旅程却在倒退。他必须在这样的艰难环境中认清自己，而他能利用的仅有已经写得相当熟练的书信。这就是为什么他的信中包含了那么多关于这段旅程的信息，不仅仅记录了发生的事情，还包括这些事情带来的内在影响。"记录"是鲁根达斯作为画家的工作。由于他出色的技术，这甚至成为他作为一个人的第二本能。

鲁根达斯第一位也是最主要的一位通信对象是住在故乡奥格斯堡的姐姐露易丝。对露易丝他总是坦诚相待，从不有所隐瞒，也没有任何向她隐瞒的理由。不过此时鲁根达斯感到和她的通信中无法记录一切。或者说，即使可以（因为鲁根达斯总是把所有事都告诉她），也总有一些东西被遗漏。现在的情形是，告诉她一切仍然不够。也许是因为还有另外的"一切",或者说是因为他所说的"一切",他的"小宇宙"像一颗星球一样旋转着,自转和公转相结合使得一些"面"永远被隐藏着。用一个他的信里没有的时髦词来说,这是一个"话术"的问题。鲁根达斯在世界范围内不断扩展自己的通信对象,像是早就预见到了这个问题一样。因此在恢复写信后他写给了其他很多人。在这些通信对象中,有地貌画家和自然学家,也有牧民、农民、记者、家庭主妇、富有的收藏家、清教徒,甚至一些达官贵人。给不同的收信人都有不同的写法,相同的是都出自鲁根达斯之手。这些不同版本的信都围绕着一个不可能的任务:如何告诉他们"我成了怪物"?把这句话写在纸上再容易不过,但传达它的含义却无比困难。在给智利的朋友们,尤其是古蒂克一家的信中,鲁根达斯以紧急的口吻特别细致地描述了这句话的含义。古蒂克一家已经写信邀请鲁根达斯再去他们在圣地亚哥的家中小住,就像数月前一样。他们很快就能再见面,因此鲁根达斯觉得需要让他们有个心理准备。显然,现在要做的是描述得夸张一些,以减轻他们见到自己时的震惊。但以他的这张脸来说,已经很难描述得更加夸张了。然而,他还是得冒着不够夸张的风险,尤其是如果古蒂克低估了他的夸张程度,那效果反而会更糟。

从任何角度上来看，鲁根达斯都没有完全把自己封闭起来。他的身体必须得到新鲜空气和足够锻炼。尽管频繁发作的偏头痛、混乱的神经系统和对药物的依赖性让他几乎处于半残废状态，但他依然需要用阳光最好的几个小时去骑马和画风景画。他忠实的朋友克劳斯始终和他形影不离，因为当鲁根达斯的偏头痛在远离住所的地方发作时，克劳斯必须听到他的呼喊声，并把他放到马背上，策马飞奔返回。不过，这并不是他们的出行中最引人注目的时刻。尽管鲁根达斯表现得颇为平静并且风度翩翩，但还是吸引了众多目光。人们纷纷驻足围观，风景如画的市郊作为一片半原始的地区，自然不能指望当地人多么有礼有节。孩子们并不算最没礼貌的，因为那些大人竟也表现得像孩子一般。当鲁根达斯全神贯注地画着大型水利灌溉装置（这段时间他关注的对象）的时候，人们都在盯着他，并对他的画纸充满兴趣。这些人在想些什么？每当鲁根达斯提起画笔，他都要抑制自己画一张自画像的冲动。

　　夏日进入尾声，气候也变得相当完美。风景显得充满可塑性，沐浴在安第斯山的阳光下的几个小时，景色变得透明起来，展现出数不清的细节。下午的阳光经过壮丽的安第斯石墙过滤之后好似一道幻影映在脑海中，染上了午后不合时宜的粉红色调，像是黎明的光芒延长了十个或十二个小时。晚上当两人外出散步的时候，每有阵风拂过，星星和山脉都像变换了位置。佛教中说，一切存在着的东西；甚至是一块石头、一片枯叶或一只飞虫，都有前世今生，都参与到这个巨大的转世轮回之中。如果这是正确的，那么世间万物皆有灵，都会在某个时间段以一个单独的人存在，可能是佛也可能是乞丐，可能是神也可能是奴隶。如果给予足够的时间，宇宙中的一切都会慢慢重组，构成一个人的形态。这个过程带来很重要的结果：万物不再像是一台巨大机器中的零件，每一样东西都有自己固定的位置；世界上任何一个个体都可能转化为另一个，这种转化并不是存在时间维度内，而是处在精神层面上。从这种观点出发可以导出和现实截然不同的理论。在绘画的过程中，鲁根达斯开始发现，一幅画上的每一笔都不能和现实中可见的东西进行一一对应。恰恰相反的是，这些笔画是在构建新的东西。因此，绘画无法归复成思想；即使他已经完全融入了这个过程，他还是可以继续画下去。

戈多伊一家还没有适应他的新面孔。这是件很耐人寻味的事。一个人可以习惯于外表的缺陷，无论看上去多么恐怖。但当外表缺陷伴着面部无意识的、失控的抽搐时，就很难去习惯了。出于好心，他们一直在努力适应。鲁根达斯虽然很健谈也喜欢交际，但还是坚持吃完饭早早离席，独自度过夜晚。这对他来说并不是难事，因为他有现成的理由：强烈的偏头痛使他倒在自己房间的床上，像一条被施了巫术的蛇，痛苦地扭曲着身体。不仅是在床上，而且还可能在地上、在墙上、在房顶上……当药物见效时，他又重新开始写信了。

每每执笔，鲁根达斯都试图用百分之百的真诚来写。这么做自然有他的道理：原则上，说真话和说假话花的力气是一样的，那为什么不把事实说出来，不带一点隐瞒和歧义呢？这就像做一个实验，没什么大不了的。不过，说总是比做容易，尤其在这件事上，因为"做"的内容就是"说"。

也许吗啡永远不会从体内代谢出去。也许药效进入了第二或第三阶段。又或者是鸦片、偏头痛和作为自然地貌画家的意识的复苏相互结合产生了诡异的结果？可以确定的是，"真实"的概念在他的脑海中不断膨胀，充斥在他在房顶小屋里度过的一个个夜晚中。

在这一时期的信件中，鲁根达斯记录了一件无关的事，但他却对此相当痴迷。他的著作《风景如画的巴西之旅》标志着他在欧洲扬名立万，不过事实上这本书却是另一个人——法国记者及艺术评论家维克托·艾梅·胡贝尔（1800—1869）根据鲁根达斯的手稿编纂而成的。之前鲁根达斯并没有觉得这样有什么不妥，但现在却开始产生一种奇怪的感觉，不断地问自己为什么会这么做。一本书署名是一个人，但实际写作者却是另一个人，这难道不奇怪吗？事实是当时他对出版这样一本书的复杂过程毫不关心，于是想都没想就同意了。整个过程从为出版计划提供资金到给插画上色，包含了诸多必需的步骤。撰写文本在这项庞大的工程中只是细枝末节罢了。这本书的主要卖点在于它的百余幅平版印刷画，其中除了三幅由鲁根达斯亲自完成之外，其余均出自法国的艺术家之手。即使负责印刷的恩格尔曼公司享有全欧洲最佳的声誉，鲁根达斯仍然事无巨细地监督整个印刷过程，因为其中包含着多步工序，很容易出现差错。文本就像是图画的补充，然而他开始意识到了一件之前没有注意的事：当他把文本认为是一种补充的时候，就把文本和图画分开了。实际上就像他已经意识到的一样，这两者是一个整体。从这个意义上说，那位替他撰写文本的"枪手"也触及了这本书的核心，虽然他只是做了纯技术性的工作，将琐碎的口述整理成有序的句子。这都是"记录"的过程！这就是这个游戏的开始和结尾，而且更像是开始（因为结尾淹没在云雾缭绕的艺术史和科学史长河中）。大自然在这个过程中被记录成了文献，其中没有任何孤立的要素，一切都是相互联系的。自然的秩序已经在这个世界上显著地体现了出来，它约束着世间万物。鲁根达斯处于这样的秩序中，因此也需要检查自己充满幻觉和狂热的混乱状态，将其转化为理性。需要说明的是鲁根达斯用以镇痛的并不是纯吗啡，因为当时吗啡还不能像现在一样由化学方法合成，而是将鸦片的活性成分保存在液溴中。这使最佳镇痛药和最佳抗抑郁药的效果叠加了起来。他抽动的脸就像一根秒针，指示着万物永恒的轮回。

尽管古蒂克一家在信中催促鲁根达斯尽快出发，但他还是在继续耽搁行程。他完全沉浸在写作中，并且依然对以这张新面孔去见熟人感到担忧。对于治疗的需求已经不是那么迫切了，因为他觉得疼痛症状已经缓解了些许，而且他在一定程度上认为任何治疗手段都是徒劳的。除了这些理由，门多萨的确处于绘画的好时节。在绘画之余，鲁根达斯只要身体状况允许便和朋友一同开始远足。他们一路向南探索，向着南方的森林和湖泊。蓝色的光线和无边无际的枝叶，似乎又神秘地浮现出一股热带地区的阴凉。他们在圣拉法埃尔镇上过夜，那是一座位于门多萨省首府以南十里格的小镇，或者住在那边戈多伊的亲朋好友拥有的庄园里。有时候，他们花费数日沿着蜿蜒的河谷继续深入，寻找更加罕见的景色，并用水彩画捕捉下来。这次相当愉快的旅程令他们欲罢不能。在这几星期鲁根达斯写得模糊不清的信中，酝酿着一个传奇故事，故事中他向南深入到白人没能踏入的土地，也许到达了梦想中的冰川，到达了那些移动着的冰山，像是通往另一个世界的坚不可摧的大门。当时所绘的草图使这个神话更像是真实的。他们感受到了一股来自几乎不可能到达的远方的气息。要想实现这个神话，鲁根达斯必须像一只不死鸟那样飞越这股气息，从已知世界飞往未知世界。在精神层面上，他一直在做这件事，和那些难以置信的奇闻逸事相比，这只是普通的日常活动。

他们发现自己身处在令人兴奋的全新环境之中，周围的景物如此陌生以至于鲁根达斯不得不向他的朋友求证眼前的一切是客观存在的，而不是他意识错乱产生的幻觉。一些粗鲁且急性子的鸟儿在灌木丛里啁啾着奇怪的曲调，母鸡和长毛鼠作鸟兽散，而强壮的黄色美洲豹则躲在石檐上窥探着它们。秃鹰在深渊上空若有所思地盘旋着。深渊的底下还是深渊，从这深渊长出了如塔楼般高大的树木。他们看到色彩鲜艳的花儿盛开着，或大或小，有的像长着爪子一样，有的结着圆滚滚的苹果。河水里生活着如塞壬般的软体动物，大批粉红色大马哈鱼在河底逆着水流游过，它们的体形如同小牛犊一般。南洋杉的深绿色或是紧闭着，显出天鹅绒般的黑色，或是展开着，面向高处的风景，显得上下颠倒一般。湖泊周围是漂亮的香桃木树林，树干摸上去柔软而冰冷，像是黄色的橡皮管子。苔藓堆积成一张天然的沙发，空气中微风交织，吹得蕨类植物瑟瑟发抖。

有一天，他们想起了印第安人迅猛而致命的突袭通常就是从那个区域来的。如果告诉他们这些印第安人是凭空出现的，估计他们也不会感到惊讶，不过，显然印第安人来自更远的不为人知的地方，在安第斯山一侧的森林有着快速通道，能让他们迅速攻入已开化的地区然后迅速撤退。关于印第安突袭的想象在鲁根达斯遭遇那次事故之前一直萦绕在他的脑海，现在这记忆又回来了，而且并不是空想，是突然间发生的事实。在高原上枝繁叶茂的伊甸园中宿营了三天后，他们在圣拉法埃尔周围一家牧场中过夜。虽然他们在休整中制订的下一步计划是直接返回门多萨，但却因作画而拖延了计划的实行，不得不在庄园中睡一晚。牧场主人正计划着结束夏季的度假，开始准备返回城市，因为孩子们要在那里上学。鲁根达斯正经历着相当艰难的一段时期，整晚都在眩晕和大脑短路中度过。过量的药物导致他在清晨满头大汗地梦游。他的脸像跳舞般抽搐，瞳孔紧缩，像是身处太阳的中心。

正当太阳升起之时，院子里开始回荡着马匹的嘶鸣和喧闹声。

突袭！突袭！

什么？

印第安人突袭！

房子在一瞬间摇晃起来，感觉像是里面所有人都跟狂热的疯子一样撞向墙壁。鲁根达斯和克劳斯两个人从房间向院子里的走廊探出了头。克劳斯试图在他的朋友躺在床上时调查发生了什么事，调查骚乱的影响范围以及是否有启程返回门多萨的可能。但是衣冠不整的鲁根达斯却摇摇晃晃地跟在他后面一起出来了。克劳斯本可以强令鲁根达斯回到床上去，但这么做并没有意义。在这样一场骚乱中，没有人再会去关心朋友的睡眠，而且时间也不多了。因此，克劳斯决定由着鲁根达斯自己去。

牧场里的人们开始组织防御力量。他们已经不是第一次，应该也不是最后一次全副武装对抗印第安人，因此他们只是从容应对，就像面对一件普通的工作一样。但是对情况的熟悉并不是组织防御时的优势，由于攻击的无规律性和不可预见性，组织防御几乎是不可能完成的任务。在极为有限的情报下，他们尽快发起临时的抵抗，尽可能地紧急召集防御力量，目标是在印第安人的掠夺下尽量多地保住一些牲畜。

从信使带回的消息来看，袭击在黎明时分开始于当地邮局。印第安人发动了一场屠杀，随后野蛮的劫掠从那里开始不断扩大范围。他们应该还没有前进太远，而且周围的庄园中已经组织起一些武装力量。印第安人大概有一千人，这是一场中大型规模的突袭。

一些农夫会留在牧场的大房子里保护女人和孩子，主人向克劳斯解释说这栋房子只要经过一些简单改装就能成为一座堡垒，而且现在改装工作已经在进行了。主人问两位客人打算怎么做，无论是单独留在房间里还是一起参加防御都会有所帮助。

他们的谈话被院子中的命令声和呼喊声（还有强烈的表情）打断了，那里已经聚集起了全副武装的人们。半梦半醒的克劳斯有些将信将疑，回头去看他的朋友有没有回房间里。但是鲁根达斯没有回去，而是站在那里，用一顶帽子遮住脸，像一棵树一样安静地站着。克劳斯拉了拉他的手臂，他突然好似受到了极大的惊吓。问他有没有听到什么，但回答只是些含混不清的嘟囔。显然，鲁根达斯什么也没有听到，也根本没有注意到发生的事。克劳斯立即做出决定，将鲁根达斯送回床上然后留守在庄园内。他不由得产生一种遗憾的感觉：他们曾梦想见证那些正在进行突袭的印第安人，现在机会来了，但他们却不得不错过这个机会。当牧场主人带着手下从大门吵吵嚷嚷地出去时，克劳斯搀着鲁根达斯的手臂返回屋子。因为鲁根达斯总是倒向另一侧,所以他只好从背后用双手扶住他的双臂,让他保持直立的姿势。鲁根达斯僵硬地向前走着,但全身像散了架一样。他依然在嘟嘟囔囔,发现克劳斯并没有听他说的话,他叫喊了一声。他们已经回到了走廊上,克劳斯把鲁根达斯转过来,看着他的脸,用一种不高兴的语气问他到底在说什么。鲁根达斯似乎说了关于一块"曼地亚"①的事。门打开了,他迅速进屋,径直走向他的绘画工具箱,向克劳斯指了指他的那只。克劳斯简直不能相信自己的眼睛,但不得不向现实低头:这位伟大的画家鲁根达斯想要出去画印第安突袭的速写,尽管身体状况如此糟糕。他坐在床上,倒吸了一口凉气,喃喃自语道:"这不行,这不行!"鲁根达斯根本不理他。他发现自己还光着脚,于是开始手忙脚乱地穿起靴子,随后抬起头看着克劳斯说道:"牵马。"克劳斯即兴编了个理由来劝他:突袭肯定会延续到下午,所以他们可以睡上一会儿,中午再出门。但是鲁根达斯一点都听不进去,好像身处另一个空间一样。他的行动使这间屋子像是一位疯子科学家的实验室,里面正酝酿着如何改变这个世界的方程式。半明半暗的光照仍

---

①在西班牙语中意为"头纱"。

然像夜里一般，让屋里染上了弗兰德斯的色彩。鲁根达斯像一头紫色的狮子用四只爪子摸索着他的靴子。克劳斯跑出屋子，朝着马厩的方向去了，身后跟着他的朋友，踩着靴子嘟嘟囔囔地喊着："曼！曼地！曼地亚！"他们只带来了"拉约"和"巴约"①两匹马。这仅仅是一次普通的绘画野营，而且无论如何，骑马和其他一些他感兴趣的活动至少可以让可怜的鲁根达斯清醒一些。很明显前几天他因发现的那些美景而消耗了过多的气力。这场突袭来得不是时候，不过不管怎样也会起到些作用，就是让鲁根达斯耗尽精力，或者说是为他持续的精力消耗画上一个句号，而只有当状态跌到谷底时才会有开始好转的希望。

鲁根达斯提着绘画工具箱，脸上扣着顶帽子，在院子里等他的朋友。他嘴里依然在嘟囔着"曼地亚"，克劳斯终于明白了他到底想表达什么意思。这是个好主意，克劳斯本该想得到，但这也不能怪他，因为他脑子里装了太多操心的事。"我看着办吧，"他说，"去把我们的意图跟女主人说说。"当鲁根达斯跟着他一起在厨房中找到了女主人时，先开口的反而是这位病人。他用全身所剩无几的力气向她发出一个奇怪的请求，要一块蕾丝质地的弥撒用头纱，不

---

①在西班牙语中意为"棕黄色"。

用说自然是黑色的。南美洲的女人们肯定不会缺少这种天主教仪式用品。他并没有详细解释自己需要这件东西的原因，不过女主人肯定认为他是为了遮盖自己扭曲变形的丑陋面容，以及惨不忍睹的面部神经抽搐。她唯一感到惊讶的是他之前没戴上这种"仁慈的伪装"。对于门多萨人和智利人来说，男人顶着一块头纱并不是一件很奇怪的事，因为当地有着历史悠久的"男人戴面具"的传统。但无论如何，这是一种鲁莽地去讨要不常用的物件而不解释理由的行为。女主人派人去取头纱，并在他们等待的时候向他们指明战斗的地点和战线的移动。得知他们想出去画战斗场景的想法，女主人祝他们好运，并确信他们能捕捉到一些吸引人的画面，只要小心，不要太靠近战场就行。两个德国人带武器了吗？是的，他们俩都佩有左轮手枪。不过他们也不用为女主人的安全担忧，因为这栋房子很安全。她已经经历过许多次这样的场面，所以一点也不害怕。他们甚至互相讲起了笑话，两位身经百战的先驱者嘲笑着这个时代的荒谬。他们的价值尺度中包含着一些相当令人吃惊的麻烦事情。印第安人对他们来说只是现实的一部分。一个外国人想要画这些印第安人？这件事并没什么奇怪的。

一块制作精美的黑色蕾丝头纱送到了。鲁根达斯恭敬地接过来，然后第一件事就是测试它的透明度，结果似乎很让他满意。他只带了这块头纱就走了,并保证会在天黑时完好无损地还回来。这时女主人大笑着说:"也许我会成为佩文切①人的夫人。""但愿不会!"克劳斯喊道,并俯身亲吻她伸出的手。

他们出发了。一个牧场工人把大门打开,等他们出门再闩上。鲁根达斯疯狂地挥舞着手中的头纱,撞上了走廊里的一根柱子。两人呼的一下蹿上马背,不过鲁根达斯却坐反了方向,脸朝马尾巴。马起步了,他用头纱把脸盖住,上面扣了顶帽子,并打了个结固定在颈上……不过当他找勒马的缰绳时,自然是找不到。"这匹马怎么没有头!"他这才意识到自己坐反了,但在马背上转一圈就像一场噩梦,简直是在表演高难度的杂技。当他终于转过身来的时候,两人早已出了院子,身后巨大的铁栅栏嘎啦一声重重关上,惊飞了一群鸟儿。

迎接他们的是圣拉法埃尔美丽的早晨,四处回荡着自由的歌声。阳光从大树间的缝隙照射下来。温顺而精力充沛的拉约和巴约面无表情地迈着坚实的步子并排前行。克劳斯问他的朋友:"你还好吗?""好!我很好!"鲁根达斯看上去的确气色很好。他的整张脸被头纱所遮盖,看不到

---

①指南美洲智利与阿根廷交界地区安第斯山脉中的印第安人。

上面的伤痕。当然，他用头纱并不是为了这个目的，而是用来遮挡阳光。阳光直射会对他伤痕累累的头部以及支离破碎的神经系统造成伤害。他的瞳孔已经缩得不能再缩，只剩两个小点，而且药物损坏了他的神经反射，使他的眼睛无法承受光线照射。他就像是走向了绘画中的世界。出于习惯性的好奇，克劳斯猜测着隐藏在头纱后的那张扭曲的鬼脸。

这个早晨的确是灿烂的，特别是对于一场印第安突袭来说。天空晴朗得没有一朵云，空气中充满着诗意，鸟儿梳理着一棵棵大树。潘多拉魔盒被打开了，军事和文化上的冲突蹦了出来，就像人类历史的开端时期那样。他们来到一片浩瀚的大草原上，听到远处传来了交火声，于是便策马飞驰。

克劳斯没有写信，或者说是没人会花这个力气把他的信件保存下来。因此，要记录下他的内心活动只能通过间接叙述或者推测。鲁根达斯曾多次提到克劳斯总是显得忧心忡忡的。（在他的信件中，当他描述自己的状况时，"克劳斯"会作为一种修辞手法出现，用在一些他出于礼貌或羞愧不能用第一人称来表达的内容中，多是他从克劳斯那里获得的灵感，或是某些刻意说成是克劳斯的想法，比如，"K认为我的新画作质量没有下降"。）事实上，克劳斯的确陷入了沉思甚至是悲伤，不过这并没有影响他履行强加给自己的照顾朋友的义务，或者说，这使他更注重履行这项义务。骑在马背上的时候，一些关于朋友健康状况的悲观想法跃入克劳斯的脑海。他对自己当时任由鲁根达斯实施自己的疯狂计划感到愧疚，不仅如此，他觉得自己对那个计划的放任像是让一个垂死之人实现临终意愿。他用这样的想法为自己当时的反应辩护：当死神将要在他们之间降临的时候，有没有预见或事先准备都已经不重要了。这一路他们遇见了那么多人，探访了多种多样的人类文明，不应该让时针仅仅停留在那一刻。没什么人会问"为什么是他"这种问题，所以"为什么是我"听起来也很奇怪，很不可思议。（当然对克劳斯来说，他要问的不是"为什么是我"而是"为什么是他"。）但这两人的亲密关系使这两个问题结合在了一起，产生了一种新的更拗口的形式："为什么是他而不是我？"这让克劳斯觉得自己像是一位幸存者，或者说是一位继承者，承载着好友鲁根达斯的一切，被时间的巨大力量向前拖行。很多次，他都自然而然地想到如果世上只有他们两个人，那么任何事情降临到一个人头上的概率都是相同的。即使命运选择了一个人，这种平衡仍然会继续。因此，发生了壮观的突袭的这一天就有可能成为"克劳斯生命的终结之日"。出于这样的想法，他们都继续并肩前行，管他会发生什么迫使他们分别的事。这就是伙伴间的同生共死。尽管这使克劳斯产生了负罪感和怀念感，但这悲伤的感情却是构成乐观情绪的一部分：只有处在悲伤之中才会产生对死亡的乐观感受，这些乐观感受可能会起到积极的作用。

他们继续追踪印第安人。他们去哪了？两人就像一幅画中的场景一样，在明媚的清晨追逐着那些印第安人。他们偶然间发现了一条应该是通往邮局的道路，加速前进，一路上听到交火声以及从某处传来的喊叫声越来越近。这是他们第一次用听觉感受印第安人。

当他们在几排高大的杨树间穿行时，终于得以看到印第安人突袭的过程。这是在这值得纪念的一天中，他们第一次看到冲突场景。在视线的最远端，邮局的白房子只有骰子般大小。房子前面集结了一群牧场工人，他们骑着马向空中射击。印第安人也骑在马背上，一边奔驰一边喊叫。一切都在飞快地运动，就连他俩也一样，松开缰绳向那处小山谷冲下去。交战的情形在他们之后看到的场景里不断重复着。那些土著只有锋利的冷兵器，比如矛、长枪和刀；白人们使用猎枪，不过只是朝天开枪逼退敌人，这样就能和印第安人保持足够的距离，使他们无法发动进攻。双方就以这样的方式你来我往。维持这样的战略平衡需要双方都处于高速移动状态。由于必须跟上对手的速度，两边都在不断地加速，几乎接近了速度的极限。这场景极富动感，距离也很远，在视线中显得越来越模糊……

这实在是值得一画的。他们连马都没有下，就把纸搁在便携式画板上画了起来。当他们再次抬起头看的时候，那里已经空无一人。克劳斯瞥了一眼鲁根达斯画的草图。看自己的朋友把头蒙在一个黑色的"茧"里画画让他感到奇怪，感到心神不宁。他问鲁根达斯能不能看清楚东西。

鲁根达斯看得比以往更清楚。在头纱后深夜般的黑暗中，针眼大小的瞳孔使他对白昼中的景色保持清醒。而制成罂粟汁液作为止痛药的活性成分，给了他足够长的梦境，使他每秒都会在入梦到梦醒的状态间反复十次。

他们把纸收回背囊中，重新策马前进。这场景对他们来说只是一碟开胃小菜。像是拥有新手的好运气一样，他们出山谷时，就又看到了一队大约百名印第安人朝北方进发，目标肯定是当地某座没做防备的牧场。那也是他们的作画对象：鲁根达斯没等那群人消失在视线之中就画满了五张纸。当他们继续前进时，遇到了一群牧场工人，这些人提供给了他们诸多关于印第安人的消息。即使远离战斗，这些信息也是相当有用的。

两人孤独南行，一路上互相交流着各自的第一印象。

幸运的是，他们都拥有敏锐的视觉。他们看到的印第安人虽然似乎只有模型士兵一般大小，但其中的细节在他们的视网膜里留下了深刻的印象，并被及时展现在画纸上。只要他们想画，就可以把这些细节部分全都拆开画出来。其中他们最感兴趣的细节是行动的短暂性，以及组织行动的偶然性和迅捷性。印第安人和白人间的战斗过程其实和他们画画的过程有着异曲同工之妙：都是最大限度地利用"远"和"近"之间的平衡。

经过一处高地时他们又看到了一次行动，这次是一群印第安人沿着崎岖的斜坡撤退。他们骑着的马像山羊一样向上坡方向爬去，留下了数十头劫掠来的小牛犊，而牧场工人们则躲在牛群中向他们射击。多么生动的场景！铅笔开始在纸上飞舞起来。山脉在垂直的阳光映照下，提供了一条条逃跑的通道，像是一只火鸡张开着的尾巴。他们应该提防别画得太夸张，因为那些正在上山的印第安骑手此刻就好像变成了珀伽索斯①。为了画得贴近自然，现实主义是必需的。因此他们就要加快下笔速度，并更注重描绘全景。

当印第安人从视线中消失后，两人拍马上前去看那些

---

① 希腊神话中的奇幻生物，是一匹白色的长有双翼的飞马。

牧场工人在干什么。此前的交火显然对牛群造成了影响。部分牛犊被打死，另一些则站在原地，吓得一动不动。那些人在为牛的标记争论着。这些标记都混了起来，而且有几头刚断奶的牛犊身上没有标记。对这两个德国人来说，为这些牛身上的烙印争吵是件新鲜事。他们一直认为打上标记就是为了便于清楚地辨认。从那些人口中他们得知从堡垒出发的一队人马正在两里格之外的奶牛场和敌人进行肉搏战。谢过牧场工人们后，他们又出发了。

但是半路上他们又停下了脚步，第四次驻足不前。这次是为了画几条溪流交汇处的冲突。他们开始相信印第安人是无处不在的。他们就像收藏家一样，面临的问题不是素材太少而是太多。这些该死的家伙把分散兵力战术作为一种攻击武器来使用。

这就好比是在一场家庭聚会中，绕着整幢房子转一圈，从厅堂到饭堂，从卧室到藏书室，从熨衣间到阳台，每一个角落都遍布着吵闹而兴奋的宾客，醉醺醺的，偷偷地亲热或在寻找主人再要一杯啤酒。只不过他们现在身处的这幢房子没有门窗也没有墙，只有一片广袤，还有无处不在的空气和回声，以及色彩斑斓的风景。

这条小溪可以当作这幢大房子里的浴室。印第安人想靠近但却越退越远，而白人想和它保持距离却不得不以进为退（为了更有效地用火器逼退敌人）。这样的矛盾让马匹丧失理智，它们或是踩入水中溅起水花，或是安静地低头喝水，骑手们则大声呵斥着，命令它们追击或撤退。这场拉锯战无止境地来来回回，显得富有"弹性"。鲁根达斯比先前更靠近地观察着，落笔描画出一张一弛的肌肉，以及粘在肩膀上的潮湿的头发。所有这些在战斗现场画下的草图都会成为今后创作的素材，尽管如此，这些临时性的草稿也不是天马行空的。在画纸的维度内，每一个元素都应该在平静的画室环境里像拼图一样和其他元素无缝对接在一起。在绘画的魔法世界中，所有的一切，即使是空气都能被转化为画纸上的元素。不过对于鲁根达斯来说已经无法恢复在画室时的平静了。在他的世界中只有恐怖的疼痛、麻醉剂还有幻觉。

印第安人星罗棋布，有四五个人正在往两位画家所在的小山丘爬来。克劳斯掏出左轮手枪，朝天开了两枪；鲁根达斯正专注于工作，他的反应仅仅是在纸上写下"砰砰"二字。那些印第安人肯定是被他头上裹着块黑头纱的样子吓到了，顿时四散而逃。两人下山到溪边让马喝水。此前他们已经走了很长的路，不知不觉中早晨已经过去了一半。他们和留在那里的人们说话，得知那些人是堡垒的卫士，从奶牛场追赶刚才看到的那群印第安人到这里，现在准备回去了。于是，两人决定和这些士兵同行。

让克劳斯感到奇怪的是，不仅是这些人，而且包括此前遇到的几拨人都没有对鲁根达斯盖住脸的黑色面具表露出任何诧异之情。不过，这也是情有可原的，因为在那样紧急的状态下，以任何理由接受任何一件事都是正常的。在一般情况下，任何事物都会有存在的理由，而在紧急情况下，任何理由都有理由被接受。

显然，奶牛场里正进行着一场常规战斗，这些士兵迫不及待地要出发了。克劳斯建议鲁根达斯和自己在空气清新的河岸边休息一小时，因为他已经意识到他的朋友正处于过度兴奋的状态，而这种状态将对他的神经系统造成影响。但是鲁根达斯一点也不听，他说好戏还未开始："还有很多事要做，就是现在！"从鲁根达斯自己的角度来看，事情的确是这样。对他来说，一切都还没开始，而且永远都不会开始。

于是，他们和士兵们一同上路了。一路上，这些士兵互相开着玩笑，吹嘘着自己喜剧似的丰功伟绩。一切都显得轻松愉快。这就是印第安突袭？这就是那生动如画的场景？也许它会一转身露出它那闻名于世的嗜血的一面。但即使不这样，也没有什么关系。

他们还没到达奶牛场，鲁根达斯就在半路上发病了，而且病情非常严重。士兵们被他的惨叫声和坐在马背上扭动的样子吓坏了。克劳斯不得不让他们先走，自己一个人负责照看病人。他们俩朝着附近一个小山坡走去。鲁根达斯猛然甩掉帽子扔向天空，并不断地捶打自己的太阳穴。最令那些士兵震惊的并不是他从黑色头纱后传出的惨叫声，而是他们无法将这叫声和人类的某种表达方式联系在一起。奇怪的是，克劳斯竟然也这么认为。他们共同骑行和作画已经数个小时，但他一直没有看到他朋友的脸。这些叫声让他明白，鲁根达斯的脸不再会恢复原状。

两人在背阴处下了马。鲁根达斯在痉挛发作间歇把他身上所有的药一股脑地倒进嘴里，然后睡着了。大约半小时后他醒过来，已经没有了剧烈的疼痛，但是陷入了麻木和幻觉。唯一把他拉回现实的是他对近距离观察战斗的急切心情。当然，在这种精神状态下，"印第安突袭"对他来说只是又一场幻觉。他没有取下头纱，而且应该比以往更需要它。克劳斯没有也不敢请他把头纱拿下来一会儿，以便看看他的脸。于是，克劳斯便开始对头纱背后的面孔产生各种奇怪的想象，而且一想就停不下来。当他不得不扶着朋友上马时，顿时感到鲁根达斯浑身冰凉。

奶牛场正处在一天内最适合观察战斗场景的时候。他们花了几小时从各个角度作画，直到时间已经过了中午。

印第安人不断地出现，消失，再出现，像是一场持续不断的阅兵式。鲁根达斯觉得自己的画似乎是多元主义的。难道他不是一直这样的吗？就算是画那十九类植物之一，他也是在描绘它的繁殖过程，反映出它代表的整个物种，进而描绘整个自然界。而这些印第安人也正用他们的方式书写着历史。

印第安人骑在马背上的姿势简直令人难以置信，远远看上去甚是吓人。他们有点像在表演马戏，但身边不是掌声而是交火声。他们毫不在意地心引力，以及自己的"表演"是否受人欢迎；事实上，这些动作本身也没有什么值得一看的。鲁根达斯本可以在画纸上作一些修正，让它看上去更加具有可信度。但在他的草图中他并没有完全修改，而是留下了一些令人惊奇的元素。在高速运动的场景中，这些元素像是考古遗迹一样难以挖掘。

奶牛场由一排带着畜栏的矮房子构成。从那里不断有一群群士兵一边向外冲锋一边端起火枪射击；印第安人的包围圈虽然暂时被冲散，但瞬间又重新围了起来。奶牛都倒在地上，看上去像是一团团黑影。当印第安骑兵开始展示战果的时候，这些人的舞蹈显得极为虚幻。这是印第安突袭中的一项最有特色的，甚至是具有决定性意义的特征。抢劫牲畜和女人是这一切的原动力。但事实上，这是极少发生的事，这些展示仅仅是为了自我满足。他们用挑衅的、夸张的表情炫耀着战利品，即使他们实际上根本没有获得它。

沿着溪流来了一小队大喊大叫的印第安人，围绕着小山丘，高举着长矛："呜咔！杀啊！咿呀呀！"其中喊得最响的那个人，像凯旋归来一样抓着一个"战利品"，把它挂在马脖子上。当然这并不是真正的"战利品"。另一个印第安人则扮作了女人，摆着一些女性化的表情。但这种拙劣的把戏根本骗不了人，甚至骗不了自己。看上去他们自己也只是把这当作一个笑话来看。

带着这个笑话，带着只有象征意义的表演，这些印第安人越走越远。其中一个人颇有喜剧色彩地抱着他的"战利品"，实际上是一头白色的小牛犊。士兵们的火力更加密集，似乎是被印第安人的嘲弄激怒，但似乎又不是那样。又有一名印第安人从眼前掠过，用一种极为荒诞的方式炫耀着他的"战利品"——一条巨大的粉红色的鲑鱼，甚至还浑身湿漉漉地沾着河水。那人把鱼搁在马脖子上，用肌肉发达的手臂环抱着。他大声地笑着，仿佛在说："我要把它带去繁衍后代。"

所有这些场景都更像是在画里而不是在现实中。在画里可以有想象，可以有虚构，可以通过这些过程超越场景本身的荒诞、无序和疯狂。与此相反的是，事实上这些事情的发生都是没有任何事先的构思的。在奶牛场，一切都正在发生着，像是进行着自我创造，又像是从黑色奶牛的乳头中源源不断地流出。

当他们靠近的时候，也许无论用什么速记法也不能把这些眼花缭乱的场景都记录在纸上。不过距离可以带来一幅囊括一切的全景，包括印第安人、溪边小径、奶牛场、士兵、马车道、射击、喊叫，以及宽视角下的河谷、群山和天空。他们不得不把这些全都缩小成一个个点，而且以后还有继续缩小的空间。

每个场景都好像是拉上了一条透明的水幕，水幕里的画面不断地重构着。这就是艺术。在阳光照耀下，静态的场景里充满了动态的微小元素。即使它们如沙粒般大小，在图画中仍然可以在很近的距离中把它们找出来。观者可以随心所欲地靠近观察，甚至是用显微镜把所有细节看得一清二楚。这些细节甚至可以还原场景中的荒诞。在百年之后这被称作是"超现实主义"，但在当时这只是"自然的容貌"，也可以说这就是洪堡所说的那个"过程"。

印第安人的阅兵式仍在以时快时慢的速度继续着，似乎这些人从不会感到疲倦。突然，所有的士兵都撤了出去，而印第安人也朝着山的方向退散了，像是签订了某种停战协议一样。两位画家利用这个机会进入奶牛场,里面正在进行善后工作。有一位阵亡者:一名挤奶工在一大早被印第安人打死,而女人们不得不为他收尸。两位德国人礼貌地请求允许他们画一幅草图。他们认为即使着手寻找也很难找到杀人凶手。在迷宫般的畜栏间转了一圈后,两人受邀共进午餐。他们吃的是烧烤,而且也只有烧烤(连佐餐面包都没有)。负责烤的那个士兵大笑着说:"烤印第安人!"但这只是牛肉,很嫩的牛肉,而且烤得正是火候。他们喝了很多水,因为下午还有很多事情要做。所有其他人都去睡午觉了,克劳斯因此就有了劝鲁根达斯歇息一会儿的理由。于是,他们便到了河岸躺下休息。

让克劳斯不解的是,鲁根达斯虽不露面,却打算继续这样下去。鲁根达斯吃饭的时候极少把遮盖头部的面纱掀起来,而且只吃了一点点。克劳斯曾小心地问他这么吃饭是否感觉麻烦,他回答说中午的阳光会像刀子一样刺伤他的双眼。克劳斯从没见过他如此小心翼翼,即使是阳光最强烈的那些天,或者是服下大量止痛药的时候。显然,现在正处于特殊情况下。无论如何,对于鲁根达斯这样挑剔的人来说,继续戴着那条油腻的头纱是件非常奇怪的事。

他又服下了镇痛药,但这次他没有睡着。在黑色面罩后,他一直保持清醒。克劳斯也没有睡,两人便一边聊天一边修改画作。收集来的素材非常多，但其质量和后期创作就是另一码事了。他们收集来的琐碎素材都是构成整个故事的元素，也就是那些关键性的场景。这些元素都包含在了印第安突袭的漫长历史中，而这只是不同文明间旷日持久的战斗的一个小片段。从这些片段出发，可以重构出一幅景象。这样的重构塑造了一种对等关系，虽然具有一定意义，但却是相当不完整的。打个比方，一桩凶杀案中，一位优秀的警探在向死者的丈夫总结调查情况。他用精巧的推断准确地"重构"出作案的过程；唯一缺少的是凶手的身份，其他方面他都像变魔术一样精确还原出来，就好像他亲眼见过一般。而他的听众，受害人的丈夫，也就是那位真正的凶手，不得不承认这位警探是一位天才，因为事实正如他所推断的那样；但与此同时，作为这场凶杀案的主角，作为唯一活着的当事人，他无法把警方的推断和真正发生的案件等同起来。这不是因为推断中存在着或大或小的错误，或者是细节上的问题，而是因为这两者根本没有什么关系。在一个故事和另一个故事之间，在故事和非故事之间，在鲜活的事实和重构的内容之间（即使重构是完美的），都看不出有任何直接的联系。这使他坚称自己是无辜的，自己并没有杀害妻子。

两人谈到了一个同样值得考虑的问题：印第安人即使

被分割成极小的部分，比如一根脚趾，从那一个点出发也能把整个印第安人重构出来。而他们所想的是另一个例子，不是一根脚趾或者一个细胞，而是用画笔在纸上勾勒出的脚趾或细胞。

这些问题带给克劳斯一个和之前"无辜的凶手"一样令人惊讶的结论：对印第安人来说没有"补偿"的概念。事实上，这个结论来自他（以及其他人）早前的一个想法：任何物质上的缺陷，即使是微小的、必然的、就像年龄施加的无法察觉的衰老，都需要得到补偿。这种补偿有诸多形式，比如知识、智慧、经验、才能、实践能力、社交能力、权力、金钱，等等。这也就是为什么克劳斯这位贵公子如此注重他的俊朗外表，他风华正茂、气质优雅。有了这些，他就不用追求其他东西了。因此，作为文明世界中的人，他无法避免地身处于"补偿"体系中。绘画，作为他选择的一门艺术，能在这个体系里发挥其作用，以确保最低限度的补偿。这补偿直到当天他都认为是必需的，没有它，克劳斯感到生命无法继续。但他在这天看到了印第安人，不得不承认他们根本不屑于最低限度的补偿，而且恰恰相反，作为画的对象他们乐在其中。这些人从不需要补偿，不需要变得高贵优雅，他们可以允许自己完全沦为粗鲁而令人讨厌的家伙。这实在令克劳斯大开眼界。

不过，就在这时他想起了他那可怜的朋友的脸。虽然隐藏在头纱之下，但也许可以成为克劳斯这套理论的一种诠释。不过这些顾虑都是毫无意义的，因为鲁根达斯正迷失在最深层次的幻觉中，毫无理性。从某种意义上说，他处于极端"无补偿性"的状态。但他自己并不知道，也毫不关心。

他的这种状态很容易得到印证。在同自己的混沌（表面上的和心理上的）对话时，他双眼依然能看清东西，无论是什么，他都能感觉到它的"存在"。就像坐在简陋小酒吧吧台上的醉汉，眼睛盯着斑驳的墙壁，盯着空空如也的酒瓶，盯着窗户的边框，好像这些东西都淹没在虚无的内心深处，继而从那里又浮现出来。"谁关心它们到底是什么呢？"这位"美学家"用充满矛盾的口吻问道。重要的只是，它们"存在"着而已。

可能有人会说这种混沌的状态不能反映真实的自我。那又怎么样呢？能利用它就好。至少在那时，鲁根达斯是快乐的。随便找个醉汉（继续刚才的比喻），都能证实这一点。但出于某些原因，为了获得更多的快乐（或者是不快乐。在这种状态下，快乐和不快乐都是一回事），必须做一些只有在正常状态下才能做到的事。比如赚钱，这就需要高度清醒的头脑，以继续陶醉其中。这是荒诞且矛盾的，大概可以证明"补偿论"并不是那么容易就能推导出来。

现实也有可能达到一种"无补偿"的状态。必须注意到的是，即使加以文学上的虚构，也无法把门多萨划归热带。而洪堡研究自然生长过程则是在例如迈克蒂亚①或者马库托②之类的地方。包裹于热带特有的伤感气氛中，夜晚在一片白昼上突然降临，海浪不断拍打着马库托，孩子们总是从同一块岩石上潜入水里，一切都是单调的、无用的……而目的是什么？这一切都是为了什么而存在的？一切的原始和愚昧都会不断成长发展，直到成为人类遗迹才会完全体现出其价值。

下午一切都变得越来越不寻常。所有行动都已从奶牛场转移了出去，所以两位德国人也出发了，随着噪声和流言去寻找更多的画面。如果说圣拉法埃尔的河谷是一座水晶宫，支流是宫殿的侧翼和庭院，印第安人就像是从衣柜中偷跑出来的、没能保住的秘密。一幕幕场景接连进行，但在画纸上则是按相反的顺序，朝着第一幕进行。整个背景仍然是固定不变的。灾难性的故事像是从布景的一端上台，再从另一端离场，而没有改变整个布景。

两位德国人继续着他们的工作。这一天，对于印第安

---

①委内瑞拉城市，位于该国北部巴尔加斯州。
②委内瑞拉城市，位于巴尔加斯州。

突袭的新印象代替了旧的,就像是未完成的进化过程,朝着最原始的状态发展。而值得注意的是,他们出发时的状态是艰难复杂的。洪堡提出的过程就是一种调和的体系:"地貌学"将艺术家和大自然结合起来。直观感觉在这过程中被摒弃。有时这种调和不可避免,它构造了一个世界,并使人能够在这个世界最初始的状态下理解它。这就像日常生活中常见的一件事。当两个人交谈时,一方总是试图理解对方的想法。而除非通过一系列推理,否则几乎不可能达到这个目的。有什么比人的心理活动更加封闭的吗?即便如此,它也可以通过言语表达出来,传播到空气中,别人只需听觉便能理解它。在我们还没有意识到的时候,它就到达了另一边,和对方心中所想交汇在一起。而且稍作改动,就同样适用于一位画家和他眼中的世界之间的关系。对鲁根达斯来说,这个世界告诉他的东西,就是这个世界本身。

而现在,作为补充,这个世界里突然出现了印第安人,这些处于补偿体系之外的人。现实世界发展得像小说般迅速,唯一缺少的是一种知觉的概念,这种知觉不仅是对其本身,而且是对世间万物。有时这种缺乏又不复存在,因为这本来就是一瞬间突发的事。

下午不是早晨的重复,即使时间可以倒流。重复只是对发生重复的期待，而不是指重复事件的本身。但在突发的情况下，并不存在这种期待。事情简单地进行下去，结果就是下午和上午不同，下午有下午的故事、下午的发现、下午的创作。

终于，鲁根达斯倒下了。他一头栽倒在画纸上，头痛欲裂。在黑色的头纱后他艰难地呼吸着，发出阵阵无力的呻吟。画笔仍然在空中舞动，而鲁根达斯却从马背上滑下，摔在地上。克劳斯见状便下马搀扶他。远远望去，在一片粉红和草绿组成的缤纷背景下，印第安人正在溃散。他们的身影是如此渺小，好像骑在蚊子上一样。

克劳斯就像是悲伤的圣母马利亚，在无数花环之下，支撑着他的朋友——这位绘画大师的失去意识的躯体。一片寂静中回荡着一只天蓝色飞蛾的颤动。夜幕降临了。更准确地说，夜幕已经从之前的某个时间开始慢慢降了下来。

趁着最后一丝奇迹般保留下来的微光，卫士和牧场工人们撤回堡垒中清点一天的战斗结果。马早已疲乏不堪，人也是耷拉着脑袋，用悲伤的声音低声交谈着。所有人都被火药熏得发黑，浑身沾满尘土，一些人半路就睡着了。克劳斯把朋友安置在马背上，然后和一队人马合流。鲁根达斯在药物的作用下沉沉睡去，头向一侧下垂到马镫子的高度，像钟摆一样每走一步就咚地撞击一次。即便如此，他的头上依然戴着头纱。到达堡垒的时候天完全黑了下来,他们到得还算及时,因为那是个完全漆黑的夜晚。

凌晨两点,鲁根达斯终于醒了过来,但糟糕的状况仍然没有改变。在这不可思议的一天里,他忍受着身体状况时好时坏的变化,这使他陷入极度的痛苦。他决定马上投入工作。奇怪的是,他仍然没有取下头纱,仅仅是因为他早忘了头上戴着这东西。他们俩待在大厅中,仅有一对蜡烛微弱地亮着,宽敞的空间中弥漫着深邃的黑暗。可怜的鲁根达斯完全没有意识到,戴着头纱的他根本什么都看不见,在白天,病痛严重影响了他的视力。由于失明,他的动作变得十分夸张,挥舞着纸张的样子引来了众人的目光。他想到过把要画的场景进行分类,他眼睛看不见,而且行动受到了破损神经的限制,但仍用扭曲的身体模仿着印第安人的动作。克劳斯忍受不了这种滑稽场景,就悄悄地溜了出去,像是去解决一下生理问题。而那些士兵和牧场工人则更无礼一些。他们入迷地盯着这位把脑袋裹起来的"蒙尼哥特"。两方都找不到一个自然的方法来扯下这层破布。对于鲁根达斯来说他早就习惯了,对于那些围观者则正相反。唯一一位处在两个极端中间、能做出明智决定的人,刚才已经出去了。

在这一刻,克劳斯正在同自己对话。他出门的时候,沉浸在忧虑和消沉中，独自面对最浓的黑夜。视网膜上的余像使他感受到了森林和山脉，像是一团团黑影没入了黑色的海洋。而脑海中的忧郁使他感觉不到时间的流逝。不知过了多久，他突然感到一切都浮现在了眼前：群山，树木，道路，带有些许梦幻色彩的远景……这些景物是映在眼中的还是映在脑海里的？他想到了超越地貌学的视觉奇迹，这是瞳孔的扩张，或是大脑中的映像。不过这些都不是答案。月亮出来了，仅此而已。然而，无论如何，他的想法不能说是错的。

堡垒中的人们也在等待月亮出来，好趁着月色各自归家。大家纷纷戴上帽子，离开堡垒。那时，鲁根达斯正心不在焉地听着众人的交谈。他忽然看见了一天前过夜的牧场的主人，那位主人邀请他与他们同行。鲁根达斯想起了主人的妻子以及从她那里借来的头纱，于是便抬起手在脸上摸索。意识到头纱还戴在头上，他便轻车熟路地解开绳结把它取下。然而他并没有注意到这块头纱已经成了一块散发臭味的、肮脏的破布，沾满了油脂、汗水和尘土。他把头纱铺开，并试着用僵硬的舌头向主人的妻子表达感激之情。所有人充满惊讶，甚至是惊恐的目光都聚集到他身上。牧场主人终于开口了，但只是含糊不清地表达着拒绝之意，眼神依然不敢直视。他试图让鲁根达斯自己当面去感谢女主人并把头纱还她，并建议他和他们同行，一起回庄园过夜。但由于鲁根达斯的坚持，牧场主也不再说话了，只是盯着鲁根达斯看。多丑的一张脸！他刚才拒绝接受这块肮脏的破布的原因，大概就是在潜意识里想说，"还是戴着它吧！"

所有人一起从堡垒中出来。那时克劳斯正寻找着他的两匹马，他也打算回到早上出发时的那座牧场。他拖着这两匹牲口跟上了大部队。当看到他的朋友脱下面具的脸时，他顿时愣了一会儿。对克劳斯来说，虽然处在头纱的另一侧，但也已习惯了鲁根达斯戴着它的样子。月光照亮了鲁根达斯的脸，整张脸显得更大、更恐怖。克劳斯在一瞬间被吓住了。人们都骑上马出发了，克劳斯原本认为应该把鲁根达斯一起带走，但他却看到他的朋友站在那里，除了脸之外，整个人都显得相当坚定。他的脸充满了黑夜的每一个角落。是月光照亮了这张脸，还是这张脸照亮了天上的月亮？

不管其他人怎么样，鲁根达斯有他自己的打算。令克劳斯大吃一惊的是，他竟然还有夜晚的行动计划。虽然显得难以置信，但他想继续白天的工作。病痛又有什么要紧呢？他针对这些病痛服用的药物让他得以恢复精力重新开始。"重启"可以说是这个世界上被执行次数最多的任务了。事实上，任何工作的重复都要从头开始。是克劳斯，这位健康的人，一直处在一条没有开端也没有结尾的直线上，而不是鲁根达斯。

　　克劳斯并没能理解鲁根达斯说的话，因为那张脸吸引了所有的注意力，而且也已经没有时间加以讨论了。他们两人已经独自骑马出发，不是朝着牧场的方向，而是穿过蜿蜒狭小的小径通往森林深处。两匹马像青铜色的八爪鱼，在鲁根达斯如罗盘般的脸的指引下，一步一步向南方的未知世界前进。他们的侧影高而瘦，好像骑在长颈鹿上一样。这影子虽然漆黑，但还是可以看见。黑影在加速前行，不断被一层更遥远的空间吸入，形成黑夜中的一抹灰色。马蹄声的回音总是先他们一步，回声的反弹则起到了障碍物预警的作用。他们像蝙蝠一样前进，而且身边的确有很多蝙蝠。它们晚上从山洞里飞出来，布满了这片小山坡。感觉到和蝙蝠擦身而过实在是一件非常罕见的事，因为这种小型生物拥有一套可靠的防撞击系统。不过，接触并不等于撞击，而且有时在高速状态下，摩擦无法避免。这事就在鲁根达斯身上发生了：一只从相反方向飞来的蝙蝠和他的前额来了次亲密接触。这只是百分之一秒的一瞬，就像是一阵微风拂过或是一个细胞偶然间受了一下刺激。然而大自然中从来不缺少这种精细的感觉。这种精细已经到达了极致，无可复制，不仅由于施力方，更是由于受力方神经寸断的额头。难道还会有更轻柔、更细微的接触吗？

鲁根达斯生命中的这段插曲到达了最难以理解的尾声。然而，我们无法质疑它的真实性，因为这些内容都被记载在他之后的书信中。在信中他为自己的大胆向家人和朋友们，尤其是自己的姐姐道歉。这种大胆也可以说是鲁莽：他为了得到第一手的画面并完成每天的绘画工作而近距离观察印第安人。显然，从他的话语中可以读出一种讽刺的味道。这会造成什么后果？印第安人会杀了他，没有其他选择。但这只是个无关紧要的细节问题。事实上，当他的通信对象看到他的画作，也就是说，当他的作品出现在欧洲的美术馆或博物馆的时候，他可能已经不在人世。艺术家，作为艺术家，永远都会面临着死亡。拯救他的企图甚至会显得有些荒谬。任何一次或大或小的事故都会一下子夺去一个人，或是成千上万个人的生命。如果黑夜能够致人死命，所有人都会在日落之后很短的时间内死去。鲁根达斯可能会像其他所有人一样说"我已经活得够长了"，尤其是在经历了那样的磨难之后。死亡并不会使他失去什么，因为艺术是永恒的。

鲁根达斯带头前进。他之前在堡垒中听士兵们说，战斗结束后印第安人习惯在不远处建造一处露营地。突袭时的长距离拉锯战使他们相当疲惫，因此他们没走几步便会迫不及待地停下休息。由于这个原因，或是由于两位德国人走得太快，他们几乎立刻就到达了印第安人露营地。瀑布边上有一块粉红色的巨石，印第安人就在巨石上吃着晚饭。他们燃起了篝火，在周围围坐。他们并没有一千人，那只是夸张的说法。实际人数只有一百名。抢来的奶牛都被安置在附近的一座小农场里，一群马匹围着它们，以防它们逃窜。印第安人已经宰杀了大约二十头，把肋排和里脊肉烤熟，吃了起来。当看到怪物般的画家鲁根达斯闯入他们的营地时，用震惊都不足以形容他们的反应。他们简直无法相信自己的眼睛。

这是一个男人的世界，没有女人也没有孩子。只要他们愿意，完全可以带着战利品花几个小时回自己的帐篷。但他们宁愿过一个自由的夜晚：把突袭作为借口，让妻子们留在那里忍饥挨饿，焦心等待。而且他们也没有必要在妻子面前隐藏自己的酗酒和暴行；他们只是无法改变这种习惯，在奔袭之中干这些坏事。豪饮已经开始，纯正的安第斯美酒从他们抢来的酒瓶中倾泻而出。当他们在月光下看到鲁根达斯这张脸时，醉酒和罪恶感交织成了惊恐。鲁根达斯在做什么根本没人关心，印第安人都只是盯着他的脸。他们无法想象这个怪物到底是何方神圣。他们怎么可能知道什么反映自然地貌的过程,或者异国风情画的巨大市场,等等?他们甚至都不知道存在着绘画这种艺术。这并不是说印第安人没有绘画,而是他们有着某种等价的艺术形式,但他们自己却没有意识到。

出于这些原因,鲁根达斯在进入印第安人营地的时候没有受到任何阻挠。他打开了康颂纸①制的笔记本,拿出铅笔和红笔画了起来。那些印第安人就在身边,一切细节都近在眼前:他们长着大嘴,嘴唇如压扁的香肠一般,"8"字形的鼻子,头发油腻腻地粘在一起,脖子像公牛一样粗。眨眼之间鲁根达斯把这些全都画在了纸上。吗啡的副作用使他运笔如飞。他画下了一张又一张脸,填满了一页又一页纸,像一道划过牧场的闪电。至于他的心理活动……这里应该说一下题外话。心理活动通常是通过面部表情表现出来的。但是对于鲁根达斯来说,由于面部神经断裂,大脑发出的"表现心理活动"的指令没有到达目的地,或者说,更糟糕的是,它到达了目的地,但传达的信息却被神经末梢所误读了。他的面部表情表达的实际上根本不是他想表达的东西,然而却没有人知道,包括他自己,因为他自己看不到自己的脸。他唯一能看到的是那些在他看来同

---

①法国著名美术纸品牌,始创于1557年。

样恐怖的印第安面孔，但那些脸都是千篇一律的，而他自己的脸却是独一无二的。这就像一些从没有人见过的东西，比如从内部看上去的生殖器官。但这么比喻并不完全恰当，那东西虽然难以描绘，但至少是可以辨认的。

　　从篝火中升腾而起的火舌把印第安人的脸映照得金光灿灿。火焰时而照亮这一块，时而照亮那一块，或者突然把一切又扫入黑暗。它激活了僵硬的表情，活跃了惊愕的气氛。印第安人已经开始吃了起来，因为食物总是令他们无法抗拒。然而，无论他们做什么，总是无法抗拒地坠入酒精的世界。而就在这长途奔袭后的夜晚，出现了一位画家，向他们揭示了如幻觉般的现实。森林深处，猫头鹰开始发出阵阵哀鸣，受了惊吓的印第安人沉浸在血与光的漩涡中。在舞蹈着的火焰下，他们陷入迷失。虽然开始慢慢地恢复自我，并吵闹地开起了玩笑，他们的目光仍然没有离开鲁根达斯，离开他的心、他的脸。在这噩梦般的现实里，他就是轴心。这是一种面对面的恐惧，和长年以来印第安人突袭所带来的恐惧一样。而鲁根达斯自己却丝毫没有意识到周围的一切，只是专注于他的画。在这个充满狂野的夜晚，在艺术的麻痹下。和印第安人的近距离接触对他来说不过是又一种无意识的反射，他依然活在自己的世界中。

而站在他背后，躲在阴影里，警戒地盯着这一切的，是他忠实的朋友克劳斯。

1995年11月24日

第二篇

我如何成为修女

我如何成为修女

1

我的故事,关于"我如何成为修女"的故事,起始于我生命的早期;那时我刚满六周岁。故事的开头在我脑海中刻下了生动的记忆,至今我仍能回想起最细微的细节。在此之前的一切都已经忘记,但在此之后,一切都在逐渐构建一个连续的、无间断的、生动的记忆,甚至包括了我的梦境,直到我穿上修女服。

当时我们已经搬到了罗萨里奥①居住。我六岁前和父母一起住在布宜诺斯艾利斯省的一座小城:普林格莱斯上

---

① 坐落于阿根廷中东部圣塔菲省的一座城市,距离首都布宜诺斯艾利斯约三百公里,是阿根廷国内人口第三多的城市。

校市①；但我已经没有了那段记忆，而且之后再也没回去过。和故乡相比，罗萨里奥这座大城市给了我们一个极震撼的印象。刚搬来几天，父亲就履行了他之前的承诺：带我去吃冰激淋。这将是我第一次吃到冰激淋，因为在普林格莱斯没有这东西。年轻时见识过城市的父亲不止一次在我面前夸赞这种甜点，即使无法用语言精确表述冰激淋给他带来的味觉享受。其实，他之前已经给我描述过了，而且描述得非常准确，但对于没有尝试过的人来说依然难以想象；不过这足以让冰激淋在我幼小的心灵中埋下种子，并生根发芽，像神话故事一样占据了它的位置。

我们一路走到一家前日就找准的冰激淋店前。走进店里，父亲给他自己点了一个五十分钱的冰激淋，里面混有开心果、美式奶油以及金橘威士忌；给我买的则是一个十分钱的草莓冰激淋。我喜欢它的粉红色，并做好了准备来品尝它的美味。我爱我的父亲，他说的一切我都深信不疑。小径边的长椅上，我们坐在当时罗萨里奥市中心很常见的香蕉树下。我观察着父亲的一举一动：他眨眼工夫便大口吃起那绿色的冰激淋来。我小心翼翼地舀了一小勺，并把它送进嘴里。

---

①阿根廷布宜诺斯艾利斯省南部的小城市，其名称来源于阿根廷独立战争时期的一名军官胡安·帕斯夸尔·普林格莱斯上校。

当那一丁点儿冰激淋在我舌尖融化的时候，我立刻感到了一阵恶心。我从没尝过味道如此令人厌恶的东西。我算是个挑食的孩子，不想吃的时候会装出感到恶心的样子，但是这东西的恶心程度超过了任何我曾经尝过的东西。用最夸张的负面评价来形容它都不为过，包括那些我之前从未想到会说出口的话。在某一瞬间，我想过掩饰这种感觉。父亲本已盘算好如何哄我开心，这对他来说是很罕见的事。他是一个难以亲近的、脾气暴躁的人，从不表现自己的爱意。因此，这次如果让他扫兴的话，对我来说就是一种罪恶。在我脑海中流露出这样一种残酷的选择：吞下整个冰激淋，仅仅为了让父亲高兴。这个冰激淋非常小，只够小孩子吃的，但那时在我眼里简直重达千斤。

我不知道我心中的大无畏气概能否到达这样的境界，但我根本没有机会付诸实践。吃下第一口时我的脸上就自然而然地浮现出厌恶的表情，父亲根本不可能视而不见。这是一副近乎夸张的表情，其中既包含了生理上的反应，也包含了随之而来的心理上的失望、恐惧，以及无法跟随父亲享受喜悦的悲伤。试图掩盖不是明智之举；即使在今天我也无法做到，因为这表情从未从我脸上抹去。

"你怎么了？"

从他的语气中就可以预见此后发生的一切。

在通常情况下,眼泪肯定会夺眶而出,从而导致我无法开口说话。和那些敏感的孩子一样,我的眼眶也常常饱含泪水。然而那可怕的味道侵入了我的喉咙并激起一阵强烈的反应,瞬间让我浑身陷入麻木。

"呜……"

"怎么了?"

"真……难吃。"

"什么?"

"难吃!"我绝望地喊道。

"你不喜欢冰激淋?"

我还记得一路上父亲充满希望地对我说:"让我们瞧瞧你是不是喜欢冰激淋吧。"很显然,他的言下之意就是我一定会喜欢。哪个孩子不喜欢冰激淋呢?很多成年人把童年回忆成对冰激淋的无限的追求,鲜有其他内容。所以这使父亲的问题带有了一些不信邪的意味,好像是在说:我不相信,不相信连这事你都要让我扫兴。

我看见父亲的眼中升腾起一股怒火,然而他依然强压着,决定再给我一次机会。

"吃了吧,很好吃的。"他说着,并在他的冰激淋杯中舀了一勺送进嘴里给我看。

但我已经无法反悔,就像泼出去的水一样,而且我也根本不想走回头路。此时，在我面前唯一的选择就是向父亲证明手里捧着的东西多么令人恶心。我充满恐惧地看着冰激淋的粉红色。现实开始变得戏剧性；或者更糟糕地说，一出戏正在我面前，在我身上，成为现实。我感到一阵晕眩，但却只能继续。

"难吃！这是一坨垃圾！"我试图让自己变得更歇斯底里，"很恶心！"

父亲什么都没有说，只是看着眼前的一片空旷地并飞快地吃着他自己的冰激淋。我又一次茫然无措，只得匆忙改变了说法。

"它很苦。"我说。

"不，是甜的。"父亲温和的回答中充满了刻意的抑制和威胁。

"是苦的！"我喊道。

"是甜的。"

"是苦的！"

父亲已经放弃了从这顿"圣餐"中得到他曾期望的愉悦、期望的亲情。一切都已于事无补；他是多么单纯，单纯到相信这飘渺的希望。然而，他试着说服我的举动却使他受伤的心灵雪上加霜；或者说，他正试图说服他自己，我的存在就是他的错误。

"这是非常香甜的草莓味的冰激淋,很好吃。"

我摇了摇头。

"不是吗?那它是什么味?"

"恐怖的味道!"

"我看它很不错啊。"父亲平静地说,并又吞下了一勺。他的平静使我感到无比恐惧。我拐弯抹角地试图平息事态,这也是我典型的手段。

"我不知道这个烂东西为什么让你喜欢。"我试图用一种赞叹的语调和父亲说。

"世界上所有人都喜欢冰激淋。"父亲铁青着脸说,他的耐心已经到了极限;我不知道当时为什么我还没有哭,"所有人,除了你这个笨蛋。"

"不,爸爸,我发誓!"

"吃了这个冰激淋,"父亲的语气锋利,寒气逼人,"这是我给你买的,蠢货。"

"但我不想……"

"吃了它!尝一尝吧,你都没尝一口。"

我瞪大着一双诚实而充满狐疑的眼睛喊道(这种情况下能故意扯谎的肯定不是正常人):

"我发誓它的味道很恐怖!"

"怎么可能!吃了它。"

"我尝过了！我吃不下去！"

父亲似乎想到了什么，回到了温和的语调：

"你知道它是什么吗？你是被冰激淋冻着了吧。不是它味道不好，而是你被它的冷给刺激到了。不过马上你就能习惯它，习惯了就知道它有多好吃啦。"

我像是抓到了一根救命稻草。我想相信这种可能性，这种此前从未在我脑海中浮现过的解释。然而，在内心深处我知道这是无用的；事实根本不是这样。虽然我并不常喝冰镇饮料（因为我们家没有冰箱），但我确实喝过的，也知道冰冷的刺激不是这种感觉。即便如此，我也愿意再挣扎一下。我小心翼翼地用小勺子的尖端刮了一丁点儿冰激淋，用机械般的动作送进嘴里。

然而，我感觉这次比之前那口更恶心千倍。我也许应该把它吐出来，如果我知道怎么吐的话；事实上，我从未学过如何把它吐出去。冰激淋从我双唇间的缝隙滴了下来。

父亲一边大勺大勺吃着他的那份，一边不断地斜着眼盯着我的一举一动。他那只冰激淋的三层彩色奶油正很快地消失，直到和外层华夫筒的边缘齐平。然后，他开始吃华夫筒了。我并不知道这东西也是能吃的，所以对我来说那是一种野蛮的行为，超出我的忍受能力。我吓得开始浑身发抖，眼泪涌了出来。父亲张开塞满冰激淋的嘴对我说：

"笨蛋，快吃！好好吃上一口尝尝它的味道。"

"但，但是……"

父亲吃完了他的冰激淋，并把勺子随手扔到街上。没把勺子也一起吃了已经算奇迹了，我想。他两手空空地转向我，我知道天就要塌下来了。

"马上给我吃掉！你没看到它正在化掉吗？"

确实，冰激淋已经开始渐渐变成液体，一条条粉红色的细流沿着华夫筒流下，滴落到我的手上、手臂上，直到短裤下瘦弱的腿上。我吓得呆若木鸡，心中的痛苦几何级数般增长。这冰激淋对我来说好似人类创造出的最残忍的刑具。父亲从我另一只手上抢过勺子，插进草莓味的奶油里。他舀了满满一勺，送到我的嘴边。唯一抵抗的手段大概就是把嘴紧闭不再张开，但我却做不到。我把嘴张得圆圆的，让勺子伸了进去。我感到冰激淋在舌头上沉淀下来。

"闭上嘴。"

我照做了。泪水渐渐朦胧了我的双眼。当舌头紧贴上颚时，我感到冰激淋正在融化，那种味道使我全身都仿佛抽泣起来。我根本无法吞咽下去；令人作呕的感觉淹没了我，像一道闪电在我的脑中炸裂。又一勺冰激淋递到了嘴边，我张开嘴，眼泪已经涌了出来。父亲把勺子塞到我的手里：

"继续吃。"

我噎住了,发出一阵咳嗽,并开始哭喊起来。

"你是在耍性子,是故意和我作对。"

"不,爸爸!"我开始口吃起来,发出一串难以理解的声音,像是"爸不爸不不爸"。

"你不喜欢?嗯?你不喜欢?你知不知道你是个白痴?"我只是继续哭。"回答我。如果你不喜欢冰激淋,没问题,我们把它当垃圾扔了就行。"

从父亲的语气听上去,事情似乎该解决了。然而更糟的是,由于吃得太快的缘故,他的舌头似乎冻得麻木了。我从未听到过父亲如此说话,他的含混不清使我觉得他的语气更加强硬,更难以理喻,可怕至极。大概是愤怒使他的舌头变得如此僵硬。

"告诉我你为什么不喜欢。所有人都喜欢冰激淋,除了你。告诉我为什么。"

难以置信的是我还能说话,不过也说不出什么。

"因为难吃。"

"不,冰激淋不难吃。我喜欢。"

"但我不喜欢。"我带着恳求的语气说。

他抓起我的手臂,控制我拿着勺子的手,伸向了冰激淋。

"吃了它我们就走。想想我带你来是干吗的。"

"但我不喜欢！求求你……"

"行了，以后再也不给你买了。不过得把这个吃下去。"

我机械地舀了一勺。想到这种"刑罚"还将继续，我就感到一阵眩晕，自己的意志已经丧失殆尽。我毫不掩饰地哭着；幸运的是，周围没人，至少父亲不会感到难为情。他一言不发，一动不动，用一种打心底里的厌恶眼神看着我，就像我对那只草莓味冰激淋的感觉一样。我想和他说什么，但又不知道能说什么。说我不喜欢这只冰激淋？这我已经说过了。说这只冰激淋的味道很恶心？这我也说过了，而且说了也于事无补。即使我说了，这种感觉也会停留在我心里，无法传达出来，因为我父亲喜欢冰激淋，他觉得那是种美味。一切都是徒劳的，一直都是这样。泪水压垮了我，使我支离破碎，也无法指望得到任何安慰。在这种情况下我和父亲都无法表达自己：他同样描述不出他多么讨厌我，多么恨我。我和他渐行渐远，远到他的话已经无法向我传达。

2

就像上一章结尾时说的那样，我和父亲的争论（如果能称之为"争论"的话)已经结束了。寂静降临,我间歇的抽泣都湮没在了这寂静的深处。父亲像一尊石像一样,岿然不动。而我也被钉在原地,颤抖着,哭泣着,一手捧着冰激淋杯,一手拿着小勺,脸涨得通红,露出痛苦得龇牙咧嘴的表情。而且,由于我的年幼,我的极端脆弱,这束缚着我的痛苦已经无以衡量,远远超出了我的承受能力。父亲已不再坚持。我最后的希望大概就是自己能把冰激淋吃掉,好好享受它的味道,这样做就能打破僵局,但这是不可能的。用不着别人告诉我,我自己想都不用去想,就像筋疲力尽地握着一条名为"不可能"的缰绳。香蕉树下的街道上空空如也,抽泣声在罗萨里奥一月炎热到令人窒息的空气中回响。在这片寂静中,太阳射出的光束像是在地上画着图画。无数串泪珠从我眼中涌出;冰激淋正在不断地融化,一束束粉红色的溪流一直流到我手肘,然后从那里滴到腿上。

然而,一切都不是永恒不变的,事情总会向前进展。在我身体的深处发生了某件不受我自己控制的、我从未事先考虑过的事。一阵反胃让我浑身的神经在颤抖,显得很奇怪,很滑稽,像是我体内蕴藏着一股巨大的能量,随时准备着来一个大爆发。突然间,又一阵更夸张的干呕降临了。这使我又添加了一层恐惧,害怕自己任由这种无法控

制的抽搐摆布。父亲看了看我,像是从远方回来一样:

"戏演够了吧。"

又一次,又一次,又一次……一连串的反胃。都是干呕,没有呕吐物,感觉像是一辆疯狂的汽车不断地刹车,不断地在坠入深渊之前踩着急刹,反复地踩,好像面前的深渊也正一道接一道地逼近一样。

父亲的脸上浮现出感兴趣的表情。我很熟悉这张脸,圆圆的,蜡黄色,早早谢了顶,遗传给我姐姐而不是我的鹰钩鼻子,以及鼻子和嘴之间那道过宽的沟壑,不过已经被他用修剪整齐的小胡子掩盖起来。我熟悉到根本不用去看。至少对我来说,父亲是一个可以预见的人,而我之于他应该也是同样的。然而,这几声干呕惊到了他。他看着我,几乎像是看着一块物体,一件从他身上,从他自己的命运中剥离出来的东西。我继续不断地干呕,一声接着一声。

终于,干呕渐渐缓解,而且并没有呕出东西。我已经不哭了,我控制住了自己,让自己沉浸在悲伤的麻木中。突然又来了一阵反胃,一阵从肝胆泛起的嗝。

"这怎么可能,他妈的……"

他犹豫了一下,大概是想他一会儿怎么把我带回家。可怜的父亲,他不知道之后他再也没机会带我回家。我确信,如果当时有人能这么告诉他,他可能会感到解脱。

虽然一直在干呕,我依然手握着冰激淋筒;冰激淋从头到脚洒了我一身,把衣服都弄湿了。所以,父亲首先做的就是把冰激淋拿走,然后同样从我另一只手上拿走了勺子。我当时很小,很瘦弱,即使对一个刚满六岁的孩子来说也是如此。父亲是一个很粗壮但并不显胖的人,但他的十指却又长又细(而且遗传给了我),细心地从我手里接过这两个沉重的担子。他想找个扔掉它们的地方,但事实上并没有去找,因为他的视线始终没有离开我的身上。随后,他干了件令我吃惊的事。

父亲把勺子插进仅剩的冰激淋里(虽然已经化了一半,但仍然还能用勺子去挖),舀了一勺送进嘴里。我不觉得"不能浪费自己买的冰激淋"会损害我记忆中父亲的形象,因为我确信这并不是他如此做的原因。他可能有时候像所有人一样表现出吝啬,但绝不是在这种情况下。他是个直肠子的人,有种乡村人的质朴,根本没有考虑过给这场悲剧添油加醋的可能性。我更愿意相信他只是想享受一勺味道甜美的草莓冰激淋,就一勺,像是他想最后在心里确认它的美味。

然而,形势突然来了个大转弯。父亲一下子皱起了眉头,露出了感到恶心的表情,狠狠地把冰激淋吐了出去。

这东西变质了！我描述得有些夸张（实际上之前关于反胃的描述也是夸张的），可能放大了两三倍。我也许应该感到胜利的喜悦，一种挺适合我的弱者的胜利证明了我是正确的一方，虽然来得太晚。也许出于自己根深蒂固的习惯，我丝毫没有感受到这种事实上存在着的感觉。事实上，我并没有真正理解到底正在发生什么。我深深地陷入了这场悲剧之中，以至于去寻找另一种更荒诞的理由，寻找一种方式继续此前的悲剧，而任何一个头脑正常的人都会选择将此前发生的事一扫而空。

父亲把冰激淋拿到鼻子前，用力地闻了闻。结果，他厌恶的表情更甚于之前。这种细微的表情变化宣示了之后会发生的行动。父亲并不是一个充满行动力的人，在这一点上他很正常。然而，有时候采取行动在所难免。他甚至看都不看我。在这个悲剧性的下午，他再也没有看过我一眼，虽然我的样子应该相当吸引眼球，但父亲没有再把目光放在我身上，哪怕一次。一次眼神的交汇相当于一次交流，而我们之间似乎已经无话可说。他站起来走进冰激淋店里，把我一个人丢在街边长椅上，任我浑身脏兮兮地坐在那哭泣。不过我也跟着他一起去了。

"先生……"

店员抬起头。他在想该摆出一副什么脸色，因为他意识到出问题了，但却没法想象到底发生了什么事。

"你卖给我的这坨恶心的冰激淋变质了。"

"没有啊。"

"没有你个大头鬼啊，白痴！"

"不，先生。我卖的冰激淋都是新鲜制作的。"

"好好好，但这个坏了。"

"这是个什么味的？草莓？今早刚进的货啊。"

"管你哪天进的货！这个冰激淋就是坏了！"

"新鲜得不能再新鲜了。"店员坚持说。他快速扫了一眼在柜台下一排铝制冰激淋桶的盖子，并掀开了其中一个，"就是这桶，崭新的。你买的时候才开封。"

"别跟我说这个！"

"你儿子不喜欢这味道跟我有什么关系？"

父亲脸涨得通红，气冲冲地把冰激淋伸过去。

"你自己尝一口！"

"我干吗要尝它？"

"不，你尝一口再来跟我讲……"

"不要对我大吼大叫。"

尽管是个合理的建议，他们两个还是大吵起来。

"我要去告你！"

"别搞笑了。"

"你以为你是什么东西!"

"你以为你又是什么东西!"

事实上,两人之间的对决已经上升到了精神力的层面,这妨碍了问题的合理解决。我父亲应该知道,如果他一开始就自己尝一下这只草莓冰激淋,事情就不会发展到这种地步,但他没有这么做。现在同样的问题摆在了他面前,虽然他只看到了不好的一面。我猜他已经准备好用暴力强迫那个店员去吃那只冰激淋。而冲突的另一方,那个店员,他面对的是一场无论做什么选择都会赢的游戏。他可以尝那只冰激淋,无论是不是尝出什么怪味,是有点苦还是有点药味,他都能把问题引到无休止的争论上,争论一些无法表达或无法判断的味觉差异。就在这时候,两个年轻人走进店里。店员把脸转向他们,露出一副胜利者的表情。

"买两个一比索的。"

一比索的冰激淋很大,包含了四种口味;在那个年代一比索不是个小数目。情况发生了根本性的变化。一道光芒使冰激淋店里恢复了正常,整个世界的大门似乎随着两个年轻人的到来而打开了,那个像疯子一样、对一只值十分钱的冰激淋的口感纠缠不休的家伙被晾在了一边。新局面的打开带来了新的游戏规则;更理性化的规则,这正是之前他们一直缺少的东西。任何人与人之间的关系,包括

（尤其是）我和父亲之间，有着某种规则。然而在这之上，存在着普适性的游戏规则。那个店员很快就明白了，这也是他最后一件明白的事。依然还摆着胜利者的表情，他说道：

"我来看看这草莓味的冰激淋到底怎么样。"

店员更多地朝向新来的客人而不是我父亲，来表明他对局面的掌控。父亲依然握着那只可怜的化掉的冰激淋。店员不会去尝那个东西：他要尝的是那只大桶里装着的，没动过的，新鲜的冰激淋。父亲开始惴惴不安起来，感觉自己是个失败者。

"不，你尝尝这个……"他说。不过这句话说得并没有底气。这么做并没有什么意义，或者说，也许有某种不为人知的意义。无论如何，他保留着这张底牌是明智的。如果桶里的冰激淋没有问题，他至少还留着手里这只可以与店员争辩。

店员掀开盖子，拿起一支干净的勺子，在冰激淋的表面刮了薄薄一层，轻车熟路地送进嘴里。然后，他的脸上立刻自动浮现出感到恶心的表情，并把嘴里的冰激淋朝边上吐了出去。

"你是对的。这冰激淋坏了。我之前没尝过。"

他就是这么说的，像是在说一件再普通不过的事情，不带任何一点的歉意。事实上，这让事态开始失控。父亲已经受够了，憎恶和本能上的凶暴使他挥出了一记结实的重拳。

"这就是你要说的？你就没有一点……？"

"你生的哪门子气！我有什么错！"

事情到了这地步，摆在两人面前的唯一一条路便是彻底地用武力解决问题。他们谁都不愿意让步。父亲倚在柜台上出拳揍他，而店员则用收银台作为防御屏障。两个年轻人跑了出去，从我身边闪过（我当时钉在门口，一脸迷惑，无力地整理着在争吵中接踵而至的一条条逻辑），然后在门外看着他们。父亲跳到柜台另一边，一记又一记重拳砸向对手的头部。那个店员很胖，动作迟缓，根本找不到机会还手，只能勉强做出些抵挡。父亲疯狂地咆哮着，完全丧失了自制力。一记交叉拳偶然间命中了对方的耳朵，把店员打得转了九十度。他背对着父亲，父亲正好用双手抓起他的后颈，然后从背后压在他身上（看上去像是在强暴他），把他的头塞进打开着的草莓冰激淋桶。

"你给我吃下去！你给我吃！"

"不！放开我……呃……放手……！"

"你给我……！"

"呃啊啊啊啊……！"

"你给我吃!"

父亲用尽全身力气把他的脸按到冰激淋里去,不断地用力按着。受害者的挣扎时断时续,间隔越来越长……直到最后彻底停止。

3

我一直不知道我是怎么离开冰激淋店的,或者说是怎么被弄出去的……到底发生了什么……我失去了知觉,整个人都开始融化了……就是字面意思上的那种感觉……我体内的器官在降解……一块绿,一块蓝,变成了坏死的结石……生命只剩下冷色火焰般蔓延的感染,腐烂,肿胀……裂成一段一段的神经……在一片被摧毁的废墟中,我扁豆大小的心脏冰冷地跳动着……扭曲的气管里发出一声尖锐的哨声……仅此而已……

我成了可怕的食物中毒的受害者……当年那场致命的食物中毒像一股大海潮席卷了阿根廷和周边国家……空气中都充满着恐惧,因为它的来袭毫无征兆。毒素可能出现在任何食物中,包括那些最天然的东西:土豆,南瓜,肉,米饭,橙子……对我来说就是冰激淋。甚至家里用心制作的菜肴都可能是毒药……孩子们是最大的受害者，因为缺乏抵抗力……家庭主妇们陷入了绝望。母亲的土豆羹可能毒死自己的孩子！就像是中头彩一样……各种理论都无法解释……那么多人因此死去……墓地里摆满了小小的墓碑，刻着充满爱意的碑文：天使飞回了主的怀抱……署名是悲痛欲绝的父母亲。我轻易地摆脱了死亡，活了下来，所以我才能讲这个故事……但我付出了极高昂的代价……这就是人们所说的，得不偿失。

我的病痛成倍地增加。也许我应该有所预料……但在这种情况下还能预知未来完全是不可思议的……病痛露出了残忍的一面。当我的身体在疼痛折磨下扭曲的时候，出于不同的原因，我的灵魂也承受了同样的痛苦。我的精神……高烧起来……当时还没有普及药物退烧……人们只能任其无止境地发展……我完全陷入了昏迷，脑海中有足够的时间构造出最荒诞的故事……我想这些故事可能会波澜起伏，但它们却是一个接着一个地沿同一条主线创造出来，并最终融合成一个故事，这就是所谓故事的背面……因为，其实唯一的故事就是我内心的痛苦，那些幻影并不会沉积下来，也不会组织起来……我甚至自己都无法进入这些幻影里，无法让自己忘记这一切……

第一个故事具象为一场洪水。我待在我的家里……待在我们搬到罗萨里奥后留在普林格莱斯的房子里……事实上那幢房子已经不属于我们，我们也不会再回到那里去住。水位不断上升，而我躺在床上一动不动地望着天花板……甚至无法扭头去看那水……但天花板倒映出水流中泛白的漩涡……这是个凭空虚构的故事，因为我们从没有经历过洪水。

另一个故事：我请父母吃掺了毒药的糖果……外层是巧克力，被一层精美的玻璃纸包裹着，但内部是溶于酒精的砷……没有解药……无药可救……父亲接过一颗，母亲也一样……我后悔了，想让时间倒退，但一切已经晚了……他们正走向死亡……警察会轻易查清死因……他们会讯问我……我决定把一切都供出来，让眼泪流成河，任这河流将我卷走……但即使是死亡对我来说也不是什么安慰，因为如果没有父母亲，我该怎么活下去呢？更糟糕的是，杀死双亲简直是闻所未闻，从来没有发生过……

另一个（但这只是同一个噩梦的另一版本）：一只动物在我发了大水的家中游泳……是一只水獭……如果我们试图在不断上涨的水中行走，它就会咬我们……如果我的手从床单上滑落，它就会把我的手指一根接一根地咬掉……

又一个：我依然一动不动，脑袋靠在一只大枕头上，我的母亲正打开床对面的橱柜。柜子的玻璃门是绿色的，里面有我存放着的书……事实上我还没有书,因为我还小,不识字……令我窒息的恐惧……我母亲准备在柜子里找什么?难道她知道……?她趁着我不能动的时候……她随时可能发现……我的秘密……妈妈,住手啊!不要这样!这会让你痛苦,让你承受一生中最大的痛苦!这痛苦会和我的羞愧,和我的恐惧一样严重。

不用说,其实我没有什么秘密……我从来就没有秘密,或者说一切都是我的秘密,不过并不是有意为之……我的神志不清就是一个例证,而且不只是一个例证……母亲在柜子里翻找着……在上涨着的水中……她根本没有采取一些更有用的举措,比如把我抱起来,穿过田野,越过被淹没的平原,带我到安全的地方去!所以我恨她……她继续盲目地翻找着,即使水獭那时成了我的同伴,咬着她浸没在水中的脚踝……我还知道她的生命就剩下几分钟了,因为她吃下去的毒药正在发作……如果说她之前已经吃下那颗巧克力的话。上帝保佑,她吃下去了!

但愿……也许……但没有。这不是一个发生了这个或那个的问题……这是一系列问题的组合,更准确地说是顺序……所有的事用另一种顺序串联起来……不断地重复……或者说,在演变……直到那些最糟糕的时刻,我开始问自己:我是不是疯了?

在这些个故事之上还有一个,从某种角度上来说更传统,但又更虚幻。和前面一系列的故事不同,这个故事总是扮演着"背景"的角色。这就是一种背景故事……一段恐怖的插曲,充满着令人胆寒的细节……与它让我产生的恐惧相比,前四个噩梦简直就像是周末的消遣……这故事不是一个片段,不是风暴肆虐的天空中划过的一道闪电……这是我脑海中的东西的集合……所有盘旋在我意识中的永恒的东西,它们既没有起点也永远不会有尽头……我是画在小人书里的仙女,被写成了神话故事……而我从故事的内部看着这个故事……

从内部……我独自待在家里。父母亲都去参加晚宴了,把我一个人关在家……在普林格莱斯那幢我们已经不再居住的老旧的小房子里……独自一人,只有那四个故事在我脑海中回荡……像是荆棘编成的花环……两扇门都上了锁,木质的百叶窗也拉上了……像是一只保险箱,里面藏着我这个父母一生的宝藏。密封的世界里包含了所有的细节……但里面只有我一个人,房门紧闭,伸手不见五指的黑夜……没有周围环境,没有可以组合的元素……那一系列故事(洪水,水獭,毒巧克力和我的秘密)都在这之外,都是我发高烧时说的胡话……在这里全都不存在,只有那名为"真实"的基石,无法驾驭,逼真得令人发狂。

父母出门前严肃地告诫我：在任何情况下都不要给任何人开门。其实根本没必要叮嘱我！这关乎我的生命，甚至是生命之外更多的东西。以前我从来没有一个人被留在家里（事实上父母从未这么做过），但这次属于不可抗力……第一次总是令人忐忑，因为不知道会发生什么……我对自己充满信心，父母给我的指令很简单……别开门就行。我能做到。这很容易，他们完全可以放心。而且，谁又会在大半夜来访呢？我的生命，我的一切都押在这一晚……谁，究竟是谁会来？

但是，有人在敲着我家大门！他们不断砸着门，像是要把它推倒一样！不仅仅是在敲门，他们想破门而入……如果不是想进来杀了我，他们为什么要这样做？只有我一个人！他们应该知道这件事……他们肯定了解，所以才会来……他们是窃贼，想要入室盗窃，这已经是最好的假设了……阻止他们只有靠我的双手，但这双手是多么无力……我躲在门后，像一片叶子一样颤抖着……为什么父母把我一个人留在家里？有什么事那么重要，以至于不得不把我丢下？

更糟糕的是……是他们……是我的父亲和母亲在敲门！两个怪物变成了我父母的外形……我忘了我是怎么看见的，也许是从锁眼里，我踮起脚就够得到……我感到毛骨悚然，像是被冰冻住了一样……看上去那么真实……怪物偷走了他们的脸庞，衣服，头发……对父亲来说没有几根因为他谢顶了，但母亲的红色鬈发……完全一样，没有一点破绽……这是什么样的杰作啊！这些个怪物没有原形，或者说没有现出原形……他们是幻象……充满了邪念……恐惧使我浑身的血液都凝固了，脑海中一片空白……

他们疯狂地摇晃着大门，我不知道为什么门还没有倒……他们高喊着我的名字，已经喊了几个小时……用我父母的声音……声音也一样！虽然稍微有点不同，稍微有点沙哑……他们在晚宴上喝了白兰地，可能他们并不习惯喝这种酒……他们疯了……钥匙弄丢了，或者忘在了什么地方……都是赤裸裸的谎言……他们骂我！他们朝我喷脏话！我被吓哭了，哑了，呆住了……

父亲翻过了院子的墙，跑到了厨房门口，开始砸着，踹着……我像梦游般穿过了黑暗的房间，驻足在厨房的门前，向上帝祈祷让这扇门能够顶得住……这次上帝听到了我的祈祷……父亲回到朝向大街的大门口……

即使我想给他们开门，我怎么开呢？门是锁上的，我没有钥匙……难道说其实我有钥匙？

这只是次要问题。我想不想给他们开门？当然不想。他们不会骗我……如果他们骗了我呢？我怎么知道呢？门外的的确确是我的父母，比真实更真实……我紧盯着锁眼，沉浸在虚幻的景象里……但是在这虚幻的景象里他们存在着，我的父母，的确是他们……不仅仅是一张脸，还有他们的表情，肌肉的抽搐，还有他们的习惯，他们的故事……这是我观察父母的方式，尤其是对我的父亲……对母亲又是另一回事……对父亲我不是像其他人一样从外表观察他……我看得到他的生活方式，他的过去，他的反应，他的思考……现在回想起来，对母亲其实也是这样……这并不是因为我有异于常人的敏锐洞察力，而是因为他们，作为我的父母，对我来说他们没有什么外表，或者说他们从没向我展示过什么外表……又或者说他们不愿意这么做……这是我童年，甚至是我一生中的悲剧……我的视线不会停留在可见的表面，而是会更加深入，深入到无底的深渊，把我一起拉了进去……

他们的砸门声震耳欲聋，整幢房子连同地基一起在颤抖……喊叫声越来越响……他们对我说了所有能说的……已经无话可说了……不过这无所谓，因为我一样能懂……但，你没看到这是你父母吗？你没看到是我们回来了吗，笨蛋？白痴！

不！我父母从不会这样对我……他们爱我，尊重我……但是……有时会有些神经质……我是一个别扭的孩子……从某种角度上说是一个问题女孩……这些个坏人肯定利用了这一点……世界上最邪恶的东西就是造出这两个恐怖人偶的黏土。

我会怎么样？我会栽在他们手里？他们会进来吗？要是我一时冲动，出于盲目的乐观想都没想就给他们开了门……我能相信他们吗？

我怎么知道？这就是最糟的一点：没有故事的结局……或者说，有一个结局。因为，如果说只缺一个结局，我就能用某种平静的方式等待着……拖延下去，等待它的降临……但这就是故事的结局！是又或者不是……我几乎可以说什么结局都没有。因为我什么都没有看到，我的神志不清还不够严重，或者说，已经过于严重……我看不到关着我的房子，也看不到那两个围困我的恐怖人偶了……父母的灵魂……这并不是幻觉……如果它真的存在，我会如释重负！这是一种力量……一股无形的波动……

症状持续了一个月。我不可思议地活了下来，或者说我终于醒了过来。我摆脱了昏迷，就像是从监狱里释放出来一样。正常情况下我应该感到轻松，但我却没有。我内心深处有什么东西破碎了：一个阀门，一个用来操纵自己的设备。

4

当我恢复意识的时候，我已经身处罗萨里奥中央医院儿科病房里了。

我睁开眼，眼前是一个崭新的世界，一个只有母亲的世界。父亲从来没有来看过我一次，但我每天都在等着他，心里既有焦虑又有担心，可能是脑海中还残存着神志不清时的那个系列故事吧。母亲来陪我，随之而来的是一股恐惧的气息，像是我父亲的影子。我无法避免地进入了一个不断堆砌着的世界中，任何东西都不可能被抛到脑后。我没有问她关于父亲的事。母亲是母亲。她看上去心不在焉，脸上写满不安甚至焦虑。母亲没有待很久，说她还有事要做，我能理解。其他床边都有母亲、阿姨或奶奶二十四小时轮流看护。我孤身一人，被丢弃到这个母系社会里。

大约有四十个孩子和我一起住在医院里，他们患的病也各式各样，从骨折到白血病都有。我从来不和他们交流，也没有交到任何一个朋友，甚至从没和别人说过一句话。

我似乎永远都出不了院，身边所有患者都在不断地更替，有些床位甚至换了十多次人。什么人都有，既有那些大吵大闹，看上去精神好得很的，也有那些精神萎靡，一动不动，成天昏睡的……我就属于后一种。身体的虚弱让我动弹不得，一直昏昏欲睡。从下午开始一连睡上几个小时，其间甚至连眼珠子都不会转动一下。就这样，我度过了一天又一天，一星期又一星期。我感觉我又掉进了这样的状态，这种我其实未曾摆脱过的状态，或者说，我未曾有过想摆脱它的意识……我陷得很深……

每天在我感觉最差的时候，或者说是在最糟糕的时刻刚刚到来的时候，医生就会来看我。他一定对我这个病例很感兴趣，因为很少有人能够在氰化物中毒的情况下保住性命，我甚至几次听到他嘴里说出了"奇迹"一词。如果真的有奇迹，那也完全属于无意识中发生的。我对科学理论什么的不感兴趣。出于我自己都不能解释的任性、胡闹和偏执，我总是欺骗医生，故意不配合他的工作。我装傻……大概是觉得这个装傻的好机会错过了多可惜吧。我可以尽量表现得更白痴一些，而且不用承担什么后果。但这并不是被动反抗那么简单。纯粹的拒绝并不是明智的选择，因为拒绝有可能被认为是默认，而我并不想被这种可能性左右。即使可以对他的问题保持沉默，我也决定回答他，只要说谎就行，说的和事实相反，或者说和我认为的事实相反。不过一直说反话似乎也不行……医生很快学会了用简单的"是"或"不是"的问题来提问，如果我一直说谎，他可以轻易地按照另一个答案来理解。我把每次都说谎当作我的任务，所以，为了保护自己我不得不更拐弯抹角地说，至少不能像只有肯定或否定那么简单，没有一点余地。这让我又背上了另一个任务：不要在谎言中映射出真实情况。我怕如果做不好，就会给医生留下机会。我不知道为什么要这么做，但还是想方设法地做了。这是我所用的一些手段（我不知道我为什么说这个，除非是想给其他病人介绍经验）：我故意听不见第一个问题，当医生问我下一个问题的时候，我回答前一个，当然是用谎言；我总是只回答问题的一部分，比如针对一个形容词或一个动词，而非问题本身。比如：他问我"你刚才是这儿疼吗"，我回答"不是"，并设法配合挤眉弄眼的动作，让他相信不是刚才这儿疼，而是现在这儿正在疼；他一个不漏地发现了这些把戏，失望地重新问我，"现在你这儿疼吗？"但我已经换成了另一种说谎的方式，另一种策略……我应该说明这些都是我即兴想出来的办法，虽然事实上我有大把的时间去设计谎言，但我从来没有把时间用在那上面。

"今天感觉怎么样，小塞萨尔？看上去气色不错。你想去玩球了吗？让我们看看今天小塞萨尔状态如何……"

他的乐观相当具有感染力。这是一位身材矮小的年轻医生，留着一撮小胡子，像是从远方来的客人。

对我来说,他像是外星人。我用一张我独有的特别的脸看着他,像是在说:"什么?你说什么?为什么问我这么难回答的问题?我好不好难道你看不出来吗?为什么用汉语而不是西班牙语说话?"他尽量地压低视线,坐到我的床边开始触诊。他用手指按按肝脏,按按胰腺,按按胆囊……

"这儿疼吗?"

"疼。"

"这儿呢?"

"不疼。"

"这儿?"

"疼……吗?"

他一脸疑惑,重新开始来一遍,寻找着那些我不可能不疼的部位。但是他找不到,因为我才是操纵着"不可能"的人。我握有控制疼痛的钥匙……

"你这儿有一点点疼吗?"

我让他意识到我已经被他问累了。我开始哭起来,他便试图安慰我。

他拿出了听诊器。我觉得我可以自己控制心跳的加速,也许我就这么做了。他小心翼翼地操作起来。不知道怎么想的,他试图从我的背部听诊,这样就必须让我坐起来,事实上，这和让一把扫帚的柄立起来一样麻烦。当他终于成功让我坐了起来的时候，我开始疯狂地摇着头，打着嗝。这时候虚构和事实混在了一起，幻影变成了现实，让我所有的谎言抹上了真实的色彩。对我来说，"打嗝"是一件神圣的事，我无法在这上面说谎。关于父亲在冰激淋店里的回忆使这一次次的干呕变得比真实更真实，它们是让一切变得真实的基础，一切虚假的东西都无法逃脱。从这时起，它变成了神圣的源泉，从这里涌出了我的灵感。

医生离开以后，我又成了多余的人。我听到周围床位上的说笑声，我听到那些小病人回答医生问题的声音……这一切都穿透了浓厚的云雾到达我的耳中。我感到自己掉进了深渊……我并不是故意要这么任性，这是我与生俱来的，控制着我的东西，就像进化论左右着一个物种一样。我生病时，或者更早一点的时候我就开始屈从于它，正常情况下我并不是那样的。相反地，合作精神才符合我原本的性格。而这个医生像对我行催眠术一样改变着我。更糟的是，他放任了我的任性。

每次医生来的时候母亲总是在场……她和我们刻意地保持一段距离，当情况有些失控的时候，她就会过来帮忙……她总是焦急地询问医生我的情况，医生常常用"震惊"一词作答……他大概不是个真正的知识分子，因为他竟然对我母亲的话很感兴趣。他们离开我身边,窃窃私语着,不知道在说些什么……我不知道我们的故事已经见了报。他又说了一次"震惊",不断地重复这个词……

不过,医生和母亲几乎都只是我日常生活中的短暂消遣。一天在我面前铺开了它恢宏的长卷,从早上一直到夜晚。我并不觉得它很长,但它让我产生了敬意。每一个瞬间都是与众不同的,从来没有重复。这就是时间的本质,它的车轮永远都在滚滚向前……在它面前我那些使坏的小把戏显得微不足道,我开始感到羞愧……

护士安娜·摩德纳·德·科隆米切就是白天的化身。她是唯一一个负责日常病房看护工作的人,一个人负责四十个小病号……这似乎有点太缺人手了。事实上的确是这样,罗萨里奥中央医院就是这么个地方。但是没人抱怨,因为每个人都多多少少在盼望着活着离开这里,并不切实际地幻想以后不会再来。甚至那些不谙世事的小孩子也是这样。

日子停滞在这间宽敞的白色病房里。无论我的视线朝向何方,护士都会出现在那里。安娜·摩德纳堪称这里的活化石。她从来都不离开医院,也不抱离开这里的幻想。她是幽灵。

各位母亲都在不断抱怨着她,和她斗争,但她们应该知道这是徒劳的。病号的母亲来一拨走一拨,但她永远都在那里。反对她的联盟不断地建立又不断地解散,有几次甚至把我母亲也卷了进去;我母亲性格软弱,即使是她不愿的事也不知道怎么拒绝。所有的抱怨都指向了那位护士的无礼、急躁、粗暴,以及几乎不可理喻的愚昧无知。那些母亲描绘了一幅儿童病房理想护士应有的形象(建立在她们平均一周左右的医院陪护经历上):一位细心周到而善解人意的仙女。这并不难想象;她们不知道她们想象中的这些东西都是针对她们自己的。别人应该如何细心周到并善解人意地对待自己,自己心里是最清楚不过的了。这并不是她们的错,她们只是些可怜的女人,只是些不幸的家庭主妇。在百分之九十的情况下,她们应该为孩子的病负责……她们无法停止想象……她们认为自己知道,也的确知道如何做一位好护士。而错误就在于她们更进了一步,认为这些品质可能集中于一个女人身上……然而安娜·摩德纳护士,这间儿童病房里的贝隆夫人①,恰恰与她们理想中的形象相反。这种反差让她们无所适从,脑海里只有投诉或者用什么办法好让她被赶走。这些虚幻梦想使她成为了这里的幽灵。我不谙世事,但我却对这件事理解得很

---

①伊娃·贝隆(1919—1952),阿根廷前总统胡安·贝隆的第二任妻子,曾经的阿根廷第一夫人,在国内享有极高的威望。

透彻，因为我也是个梦想家……从另一个角度上看，她也确实是一个幽灵。她看上去一直急匆匆的，非常忙碌，就像是一个照顾四十个病人的护士应该做的那样。然而她却从来都不为任何人服务。在每个病人眼里，她永远都在忙别人的事……我习惯于每天从早到晚都用眼角的余光扫视她……她看上去一刻也不会停……她不仅负责躺在病床上的孩子，还负责那些送往手术室的，送去照X光的……而根据那些孩子母亲的流言，她的工作总是完成得相当糟糕，几乎所有的错都是由她引起……她们说许多孩子死了……死在她的手里……孩子们在她手里死去，这个传说像绷带一样缠绕着我，一条条会说话的绷带……当孩子成为她由于忙碌而照顾不到的那一类时就活不下去……然而这些重复不断的闲话不会妨碍那些母亲巴结她，奉迎她，塞给她小费，给她带点心……卑躬屈膝得令人难以置信……无论如何，她们的孩子，她们最大的财富，都掌握在那个护士手里。

她是个很胖的女人，可以说是臃肿。当她俯身压在我身上时，就像一头大象踩在一摊水上……我就是那摊水……她简直笨拙到了极点……总是被这样一个奇怪的问题困扰：对她来说左边是右边，反之亦然；下边是上边，前面是后面……我小小的身体被她大卸八块……双腿，双臂，脑袋……每一块都承受着不同的重力……我变得支离破碎，拆成了不均衡的一块块碎片……在她面前我的小把戏毫无意义……她把我扔到了另一个空间里……我身体的每一个部分突然四散而去，自发地开始伪装自己……发生了什么，我不清楚……在她的死亡之手里，捏合出了完全的"真实"。

我通过注射血清维持生命。安娜·摩德纳护士总是在错误的时间给我更换吊瓶，还负责在我手臂上注射……她随便找了个地方就把针头扎了进去。我的鼻子里开始有液体滴出来。从我手臂上注射进去的东西全都从鼻子里不断地滴了出来。这实在是一件怪事，但她却习以为常……无论什么情况她都不会给予优先照顾。每天清晨，在第一位来探病的母亲到来之前，她会带来一个侏儒，让她在每个床位前施展她的巫术，甚至包括那些空床。这个侏儒像是个自闭症患者。安娜抓着她的肩膀控制着她，像是骑着一辆三轮车一样，但她却似乎什么都没看见，就像是一件家具……她就是那种"大头娃娃"……护士把她带到一张病床前，床上躺着一个睡着的或是半梦半醒的孩子……病房里死一般寂静……护士在她肩胛骨之间轻拍一下，她便开始念叨着"圣母马利亚"，并用小手臂捣鼓着奇怪的动作……

"科丽塔修女会救你们，不是那些医生！"安娜·摩德纳吼道。

侏儒像一颗彗星般扫过……所有的一切都是自动完成的……这是一种无差别疗法：她在每张床前都施以祝福，不管床上有没有病人……宗教悄悄潜入了医学世界。这是个公开的秘密，当病人们的母亲挥舞着"科学"的旗帜来攻击那个护士时，这是罗列出的第一项罪行……然而，医生对此不闻不问；当孩子疾病复发，或者开始呕吐的时候，便能听到母亲们的哀求声："把那个侏儒带过来吧，求求你，救救我的小天使……"真虚伪！而护士一脸严肃："只有圣母能救，不是那个侏儒……""把侏儒带来吧，我求求你……"

科丽塔修女才是这所医院真正的基石；而安娜护士几乎只是她的代理人。那个侏儒让医院免于四分五裂……我的身体也是这样……我的头正飞向北方，我的腿朝南方，一条手臂在这里，一根手指在那里……只有信那个侏儒才能把它们接在一起……维持生命的液体从她身上流过，穿过某根管子，从手臂流到鼻腔……我不得不信。我不得不深信她，而表面上装作不信。

于是，我产生了一种想法……在我肢解的过程中，可能到了某一时刻，我不再信那个侏儒。我，我会相信一切！我完全靠信仰支撑着！我是个被催眠的人！

但如果那个侏儒本来就是个幻影呢？如果我不能相信她会怎么样？难道我就不是同一个我了？难道我是个不能相信的人？是什么区别开了那个侏儒和我？或者说，为什么我不能成为侏儒的同类，侏儒的化身……？

我需要一个确定的答案。我想从安娜·摩德纳护士身上得到答案……我试图刨根问底。于是，在一个早晨，当她走近的时候……

"我梦见了一个侏儒。"

"什么？"

"我梦见了一个侏儒。"

"什么？哪个侏儒？"

她感到非常困惑。

"我梦见了一个侏儒，她的心脏上扎了一根刺。"

"到底是哪个？！"

"一个侏儒……一个侏儒儒儒……侏儒儒侏侏儒……"

"哪个"侏儒并不是问题所在……我只是用一些手段想让她知道我心里有一些很难表达的东西。我要说得更绕弯一点，用一些比喻，或者简单平直的虚构。她掉进了我精心设置的圈套里……她迷失了……我开始说起真实的谎言（反过来说也行），虽然我不知道怎么说……我也开始迷失……我的这些策略渐渐化为乌有……但又死灰复燃，燃得更旺……面对我这个因为悲剧性的疾病而彻底变得呆傻的小姑娘,她已经不抱言语沟通的希望,开始使用肢体语言……肢体语言粉墨登场……她是个急性子,没有太多心计,轻易地被直觉左右,这使她在理解力开始发挥作用之前就被引入歧途……她草率而笨拙的肢体语言一个接着一个……我的分裂使我只是像一面镜子一样模仿着她的动作……不过那些过于丰富的表情、眼神和嘴里的嘟囔堆砌在一起让我头脑发昏……像是接近了极限,即将跨过一个门槛……越来越近,越来越近……

就在这时,似乎有什么东西被打碎了。我觉得,与其说是我自己身上的,不如说是我们两人之间的什么东西。但事实并不是这样;破碎的东西就在我自己身上。从那时起,我产生了一种奇怪的理解障碍:我无法理解哑剧;在肢体语言面前我完全是个聋子(或者说瞎子,我不知道怎么准确形容)。此后我也看过几次哑剧……当我周围那些四岁小孩都准确理解了哑剧的意思并开始大笑起来时,我眼里只有一堆毫无意义的动作和抽象的表情……现在想来这的确是怪事一桩:无论多么出色的哑剧,甚至是马歇·马叟[1](他对我来说是最难理解的)的作品,都没有尝试过

---

[1] 马歇·马叟(1923—2007),法国戏剧家,以表演哑剧及无声电影闻名。

表演一个侏儒……这是为什么？大概在肢体语言的世界里，侏儒是无法被表达出来的。

5

由于生病的关系，我晚了三个月入学，那时已经是六月份了。到现在我都不明白学校是怎么答应让我这么晚才入学的，又是怎么把我安插到那些早已开始上学的同学之间的，尤其是对于一年级这个微妙而关键的时期，这个学生生涯的起点来说（当时还没有幼儿园）。我更不知道为什么母亲要坚持把我送到学校，为什么花那么多精力让学校接收我，这一定不是件简单的事。她肯定苦苦哀求他们，甚至给他们下跪。她为我做了很多；这是她作为母亲的本能。也许是她认为，如果和我两个人在家里待一整年的话，她不知道该做什么。送我上学，接我回家，给我洗熨外套，给我买文具，帮我借到别人用过的课本……这些对她来说都不算什么，只要能让我在午后时光小睡个把小时她就会如释重负。她觉得这一切都是为了我。但她从未想到过我落下的三个月，就是一年级开始的那三个月，对我能有多大的影响。无论如何，这不是她的错，我也不会怪她。在她眼里三个月就是三个月，仅仅三个月的时间而已。当时她担心的事还远不止这些。当然对于老师和校长他们来说也没什么好指摘的；也许他们只是太过关注学习上的问题，而母亲则恰恰相反。

最初的几个星期过得就像是在放幻灯片。人类获得信息必须具有连续性，之前发生的事可以用来解释现在发生的事；所以我依然生活在安娜·摩德纳的时代，这一点都不奇怪。我眼里依然充满着肢体语言，继续上演着哑剧，看到的都是没有声音的故事，在它们面前我显得手足无措。从没有人向我解释上学的目的，我自己也没办法推测出来。而只有这些困难的话，问题似乎还不严重。我固执地接受了这一切，像是在演一场戏，演一场杂技……

大戏开演了……为什么我的戏总是开始得那么晚？而与此相反，喜剧似乎都早早开场。然而，随后一切都颠倒过来……我发现眼前这无声的一幕，这师生之间的哑剧已经深入了我的骨髓。这就是我自己的故事。当我踏入学校大门的那一刻，这出戏就已经拉开大幕；一切完整而持续地展开在我的面前。我身在戏中又似乎置身戏外；我只是在场但并未参与；或者我参与其中但却出于抵触的心理；我就像是剧中的幕间休息！但至少我应该感谢它的是，我终于明白过来为什么这幕戏中的声音我听不见：因为我不识字，而我的同学们都识字了。在这三个月中他们已经学会了，鬼知道是怎么学的；这成了横亘在我和他们之间的一条万丈沟壑。谁也无法解释，这是一条无法表述的鸿沟，这是一片真空。无论是同学们，我自己，甚至是老师，都不知道他们是怎么学的认字，是在哪个时刻学会的。仅仅只是一件自然发生的事情，这就够了。对于我的这位教了四十年一年级的老师来说这就是件例行公事：每年上演着同样的剧本，这使她产生了盲点。

某一天，我的幕布缓缓拉开，就在学校的男厕所里……但我必须先描述一些背景，否则这件事会难以理解。我们当时住在罗萨里奥郊外，一片和豪华沾不上边的地区。当地的学校里就读的大多数孩子都出身下层社会，他们的家庭挣扎在贫困线上，或者彻底跌到了贫困线以下。那些我们现在称为"边缘户"的家庭的孩子当时都会去上学，至少会上个几年。而且，当时也没有"教育心理学"或者特殊学校之类……周围的环境相当原始，粗暴，"弱肉强食"。打架事件充满血腥味，而伴随而来的是不堪入耳的言语。我知道那些都是粗口，甚至我知道他们骂的是什么意思，但出于某些原因我从来都不会注意这些东西。就像是我用"第二听觉"接受了这些话，又用另一种方式理解它。我已经知道这类脏话的内容是某些行为，某些贴近现实的行为。然而，其中有一句特别显眼的话。通常来说，如果那些男同学的争吵演变成肢体冲突，一定是有人说了那句话，那句对我来说穿透了"脏话"这层乌云的话："他问候了我母亲。"

这是理所当然的，因为我知道母亲是神圣的，我也注意到了那些脏话里通常会带着"妈"这个字眼；如果有人问我，我能完整地重复这句常听到的话，"狗娘养的"。除了这个中心词，其余的我听上去都毫无意义。我的集中力之差令人难以理解，这不是因为我智力跟不上，而是因为所有这些事我都毫不关心。这里存在着一个巨大的矛盾：所有的一切对我来说都很重要，但我面前又横亘着一座大山，这就是我最大的问题……表面上像是我对一切缺乏兴趣，但我知道事实恰恰相反。这件事就是一个例子：我应该意识到有些时候他们说"他问候了我母亲"时，"母亲"这个词其实并没有真正被说出口。但我并没有注意，只是在回顾整件事的时候，自然而然地认为"母亲"这个词一定说过，我一定是听漏了。然而，有一次我不得不认识到，事实并不是这样。这是一场课间休息时发生的打斗，发生在院子尽头的磨坊附近。只要有打架发生所有人都会围成好几圈去看，所以不可能没人注意到。然后，就会有一位老师赶去阻止这场野蛮的拳击赛。但不是随便哪个老师都会去，只有一群"勇敢"的老师才敢去（因为去捅马蜂窝不是件简单的事情），尤其是一位干劲十足的女老师，这次也是她赶过来。两个打疯了的三年级男生浑身是血，外套都扯破了。老师奋力将他们分开。强壮的一方钻到了他的那堆狐朋狗友中间去了，而另一方则开始哭喊起来。他的这种哭喊声我相当熟悉。老师问他为什么哭，但他却说不出话，就像是这场打斗在他心里依然在继续着。她张开双臂，把可怜的男孩抱在胸口。正当老师猜测着他哭鼻子的原因时，他在抽泣中挤出几个词"他问候了我母亲"。老师抱着他，安慰着他……这些勇敢的老师能理解那种情况，无论如何他们生活在同一个世界里。而那个强壮的孩子躲在他的朋友中间，眼里燃烧着仇恨的怒火……这时，我第一次感到无限的困惑在脑海中回荡：母亲？谁的母亲？他在说谁的母亲？为什么所有人似乎都同情他？

从头到尾目击了这场打斗的我，很确信自己什么都没有听漏，也知道"母亲"这个词没有在任何时刻被说出口。其他的脏字有，但这个词没有出现。显然我只能让自己相信，"母亲"这个概念只是隐含在其中。在所有吸引我注意的事里，这件事首当其冲，让我久久无法忘记。

有一天上课时，我报告老师说要上厕所。我总是这么做，而且大家都是这样。我其实并不内急，也不会去掐算打报告的时机；我觉得其他人也是这样，纯粹出于一时冲动。这是我能记起的幼年时期唯一的"胜利"。老师看到小手举起，猜测着到底会是什么问题（一般都是一些没有什么意义的问题，比如什么时候拼"b"什么时候拼"v"），然后吼道："去！但这是最后一次！最后一次！"那个聪明地抢到这"最后一次"的孩子便高兴地跑出教室，其他人觉得自己错过了最后一次机会，都用厌恶和憎恨的眼神盯着他……但其实这"最后一次"一直在重复上演，每个小时都会发生四五次。我们总是相信着"最后一次"的机会，而老师总是重复着她的"最后通牒"，即使她从来没有拒绝过上厕所的申请，因为一年级的老师们最害怕的就是有人尿了裤子。但我们不知道这些；我们只是小孩子。令我吃惊的是我竟然能毫无障碍地融入这场游戏。对我来说，更可能发生的事情是我一直忍着，直到膀胱破裂；但我没有。我像其他人一样，在不想上厕所的时候举起小手。在这件事上，我没有和我这一代人脱节。

  一个神奇的巧合也许可以解释我在这件事上的一反常态。每次我去上厕所（大概一天能有两三次），无论是一天里的什么时候，当我穿过空空荡荡的院子时，总能遇到一个男孩。他和我不同年，但我不清楚他到底是读哪个年级。后来我们就成了朋友。他名叫法里亚斯。或者叫基罗加？我现在想回忆起来的时候脑子里总会搞混那些名字。也许是这两个都是他的名字。

　　这次他也在那里,虽然我们从未想过事先约好。厕所灰色的外墙上到处都是涂鸦,因为孩子们常常偷来粉笔在这乱涂乱写。然而对于这些东西我总是毫不关心。

　　法里亚斯给我指了指其中一个新写的巨大涂鸦。墙上的粉笔字会在几天后被厕所里浓烈的氨气所影响而变淡,所以这一定是当天写上去的,那些雪白的字母闪闪发亮。这些字母都是用印刷体写的,清晰可辨,不过这不是对我而言的:我只能看到一堆横横竖竖的笔画杂乱地组合在一起。直到那时我还一直以为厕所外墙上的涂鸦都是些图画,一些无法理解的古日耳曼字母或者象形文字。法里亚斯等我"读"完,然后笑了起来。我也跟着他一起笑,发自内心的笑。画得多好啊!很有趣。多奇妙的构思!多深奥的图案!不过我没有大声说出来,我的虚伪隐藏在我自己都找不到的地方。法里亚斯倒是发表了对这涂鸦的见解,沾沾自喜,含沙射影般的……我忘了他到底说了什么。那是些问候母亲的话。然而不幸的是,这就够了。我突然理解了,觉得好像天塌了下来。

　　我明白了什么是阅读。"母亲"的含义隐含在那个涂鸦里!我把它当成了绘画,当成了老师们擅长而我却不解其意的深奥算式。然而,实际上它就是人们,甚至我自己,在任何地方都可能说出口的那句话。我曾以为这只是学校里的玩意儿,但现在才明白,这就是生活,就是世界!这就是词,这些无声的单词,哑剧般的单词,或者说是单词表意的方式……我明白了,我不识字,不懂阅读,而其他的人都会。这就是我之前一直忍受着却又不明就里的东西。一瞬间,我完全明白了。不是因为我聪明,或我洞察力敏锐;这种理解来自我内心深处,和我自己的意愿没有关系,这也是最可怕的。我站在那句涂鸦前,呆若木鸡,像是被催眠一样盯着它看。我不知道当时我在想什么,我想到了什么……也许什么都没有。随后我能记得的便是,我坐在伴我虚度一天又一天的书桌前,打开依然是空空如也的笔记本,拿起从未用过的铅笔,凭着记忆一笔一画把那句涂鸦描下来。虽然不知道具体的含义,但我决不会弄错:

    婊子下体里粗来地东西。[1]

    法里亚斯没有把这句话大声说出来,所以我不知道这些词对应的发音。但是当我写下来的时候,我似乎明白了。"理解"从不是铁板一块,人们总是能理解其中某个部分。

---

[1] 原文 "LACONCHASALISTESPUTAREPARIO" 中本身存在拼写错误,系作者有意为之,故译文中也部分使用了错别字。

比如，我知道这是粗话，像是一团乌云，"母亲"从某种程度上包含在其中。这是粗鲁的话，打架时候说的话，它辱骂了对方的母亲，它充满着怒火，以及血和泪……其他的部分我不知道，不过却是和我知道的那部分紧密结合、无法拆开的。事实上，在这件事里，也包含着一些我很久以后才知道的东西，比如到十四岁之前我一直以为婴儿是从母亲肚脐里出来的。而且，当我十四岁时，明白这件事的方式也异于常人。那时我在读一篇关于性教育的文章，其中有一段提到日本女孩关于性知识的无知，我在里面看到了这样一个反面例子：一个十四岁的日本女孩竟然还认为婴儿是从肚脐里出生的。而我，一个十四岁的阿根廷女孩，一直就是这么认为的。直到看了那篇文章，我才知道事实并不是这样。不管是对是错，我很同情那个日本女孩。

那天回家的时候，我迫不及待地等母亲看到我写的东西。但我的焦急是出于恐惧。我知道会发生很可怕的事，却不知道具体会发生什么。我没从书包里把笔记本拿出来，也没给母亲过目。她自己拿了出来，打开翻看。谁知道她为什么这么做呢？自从上学的头几天发现我的笔记本总是空空如也之后，她几个星期都没有再翻开过。鬼知道是不是我给她暗示了什么。当看到我写的东西时，她立即脸色大变，尖叫起来。接下来她一整天都怒气冲冲，丝毫没有消气的意思。这句短短的标语似乎来得正是时候，解放了她的斗争心，让她内心中被最近发生的一系列事件所压制的反抗精神重见天日。第二天，她就和我一起冲进学校，在办公室里和我的老师谈了一个小时。她们让我也进去，不过显然我说不出话，也没必要说话。从我所在的走廊里（在她们谈话的时候助理被派去看管班级）就能听到我母亲的吼声。她大声咒骂着老师，不停地抗议着（主要是针对我还没学会识字）。这实在是罗萨里奥第二十二小学值得纪念的一件丑闻。终于，就在铃声敲响前一刻，老师走出了办公室，径直走进走廊的第一间，也就是我们的教室。当她经过我身边的时候根本没有看我，也没喊我跟着她：事实上，此后整整一年时间她再没跟我说过一句话，看过我哪怕一眼。课间休息时，母亲走了；她夹在嘈杂的孩子们和老师们中间，所以我没能看到她的身影。铃声再次响起，我像往常一样走进教室，坐到我的座位上。老师看上去恢复了些许精神，但不算恢复太多。她的眼睛红红的，看上去非常可怕。教室里忽然变得死一般寂静，三十双小小的眼睛都在盯着她看。她站在黑板前，想说话但只能发出断断续续的声响。窒息般的抽泣。她像人体模型一样机械地向前挪了一步，摸了摸坐在第一排的一个孩子的头。她试图让动作更加轻柔一些，我确信她这么做了；也许她的内心一生中从没有这么温柔过,但她的动作却如此僵硬,以至于那个孩子吓得直往后缩。她根本没有注意,照样抚摸着他的长着虱子的头,然后又摸了摸第二个,第三个。随着一声深呼吸,她终于开始说话了:

"我总是告诉你们真话。我总是说得没错。我的孩子们。我就是真理,我就是生活。我,生活……真的……孩子们……我是第二个妈妈。第厄木阿妈……我爱你们所有人。平等爱你们所有人像妈妈……我爱你们,所以告诉你们真话。爱的之恩话……妈妈的爱妈妈……第二真的!所有人!所有人!但只有一个……一个除……呜啊哎咿……"

这无比尖锐的声音断断续续。她竖起了食指,这也是在那节课上我唯一能记起的她的动作……她的手指竖得笔直,而整个身体却在颤抖;或者说,与此同时她的食指颤抖着但整个身体却立得笔直像一块铁块……泪水从她的脸颊流了下来。她停顿了一下,接着说:

"那个叫艾拉的男孩……他混在你们中间,看上去和你们一样。也许你们都没有注意这个微不足道的家伙。但他就在那里,你们别搞错了。我总是告诉你们真理,我是你们第二个妈妈,保护你们。你们都是好孩子,聪明的、可爱的孩子,就算是表现不好的,就算是总需要反复教导的,就算是经常打架的……你们都是正常的孩子,大家都平等,因为你们有着第二个妈妈。艾拉是一个坏孩子。他看上去和大家一样,却是一个坏蛋。他是怪物。他没有第二个妈妈。他不是正常人。他想看着我死。他想杀了我。但他不会得逞!因为你们会保护我。难道你们不会在这个怪物面前保护我吗?对吗?你们说……"

"……"

"说'是,老师'。"

"是,老师!"

"再响一点!"

"是——,老师——!!"

"说'是,罗德里格斯老师'。"

"是,罗德里格斯老师!"

"再响一点!"

"是——,罗德里格斯老师!!"

"再——响——!!"

"是——,罗德里格斯——老师——!!!"

"很,很好,非常,好。要保护你们教了四十年书的老师。老师随时会死,那时候你们哭也晚了。那个凶手会杀了我,但这没关系。这不仅仅是为了我,我已经活了很久了,在一年级教了四十年,当了四十年最早的第二妈妈。我是为了你们。因为他也想杀了你们。不为自己,是为了你们。但不要害怕,老师会保护你们。你们要当心那条毒蛇,那只毒蜘蛛,那条疯狗,而且艾拉比这些还要坏一千倍。你们要小心艾拉!不要靠近他!不要跟他说话,不要看他!就当他不存在。我早就觉得他是个坏蛋,但我不确定……不能确定……我没有意识到……但现在我清楚了!别和他同流合污!别让他感染你们!不要给他一点机会。当他靠近的时候你们要屏住呼吸,就算窒息也别和他混在一起。这个怪物会杀了你们!你们要是死了,妈妈该多么伤心。她们会来找我算账,我了解她们。但你们只要对这个怪物保持警惕就什么都不会发生。就当他不存在,就当他不在这里。如果你们不看他,不和他说话,他就不会伤害你们。老师会保护你们。老师是你们第二个妈妈。老师爱你们。我是你们的老师。我告诉你们的都是真理……"

就这样她喋喋不休了很长时间。从某一句开始她就重复起来,把所有的话重复一遍,就像复读机一样。透过她我看到了她身后的黑板,上面是她自己写着的极工整的板书:zulema, zapato, zorro……这些字是她最漂亮的东西。她已经教到了"z"……她看上去很糟糕,不过我不觉得她在说没意义的废话。在我眼里一切都那么透明,那么真实。我读着黑板上的词汇……一直读着……就在那天我学会了认字。

6

当时,父亲由于对那个冰激淋店店员施暴而被投入监狱。有一天下午,母亲带我去看他。这是理所当然的,因为我本人就是这件不幸事件的核心人物。他们两人也许会责怪我,也许不会。他们不能怪我,因为这对我太不公平;然而与此同时他们又不可能不怪我,因为事情都是因我而起。而我出于相似的原因,既责怪而又不责怪他们。不管怎么样,他们当中的一个,或者是他们两人都认为带我去探视父亲是个不错的选择,可以展现家庭的凝聚力之类。真是个单纯的想法。罗萨里奥的看守所离家很远,在城市的另外一头。我们坐上了一辆小型巴士。半路上我突然毫无征兆地感到一阵不安,并哭了起来。我内心中上演的好戏拉开了帷幕。而母亲则见怪不怪地看着我;我说得不错,她一点也不感到奇怪。

"你到底怎么了?"

我自己根本描述不清楚,不过对她和对我自己来说都是意料之外的回答却脱口而出:

"爸爸在哪?"

乌鸦叫一般的声音……但是很清脆,一点都不模糊。

母亲抬眼朝四周看了看。车上塞满了人，周围的乘客听到我的哭声都把视线投向了我。她不知道该说什么。

"爸爸在哪？"我又提高了音量。

可怜的母亲。她大概有千万个理由认为我是在故意让她难堪。

"现在就要去看他了啊。"可是，说得一点也没有底气，她试图转变话题来使我分心，"看，多漂亮的花儿啊！"

正好当时我们的车经过一幢房子，前面的花园里砌着极漂亮的花坛。

"爸爸死了吗？"

我继续追问着。车上的乘客们都被吸引过来，让我变得过度兴奋。我是这个故事的主人。母亲伸出手臂搂住我的肩膀，把我抱紧。

"没有，我已经告诉过你了。"她悄悄地说，把声音压低到几乎听不见。

"什么？"我大声喊道。

"嘘……"

"妈妈我听不见！"我摇着头叫喊着，像是害怕关于父亲的疑问让我变成了聋子。母亲没有办法，只得提高音量：

"现在你马上能见到爸爸了。"

"嗯，我马上能见到他。但他死了吗？"

"不，他活得好好的。"

我能感受到车上众人的好奇。车窗玻璃外城市的景色一闪而过，像是被人忽略了的背景。

"妈妈，爸爸在哪里？为什么他不回家？"

我问这个问题的语调就好像是在说："不要再骗我了。不要把我当小孩耍。我已经六岁了，虽然看上去像三岁，但我也有权利知道真相。"

其实母亲已经把事实告诉我了。我知道父亲被关进了监狱，等待他的是因故意杀人罪而被判的八年徒刑。我全都知道。我的这些不合时宜的猜测根本就站不住脚，除非是我故意想让她给那些完全陌生的乘客讲个故事。她（甚至是我自己）无法相信她的女儿会干出这等蠢事，不过我在车上展现的焦虑却是清晰可见的。如往常一样，我又把母亲弄得一头雾水。这很容易：其实就是自欺欺人。

"你爸爸病了，"母亲又用几乎听不见的声音对我说，"所以我们现在去看他。"

"生病了?! 爸爸快死了吗？就像奶奶一样？"

我奶奶在我出生前就去世了；而我外婆身体很好，住在普林格莱斯。"奶奶"这个词在我家里从来不会被提到。我说起这个细节是为了让这一幕更显得真实可信。

"不，他会好的，就像你一样。你不是也生了病然后治好了吗?"

"他吃冰激淋吃坏了?"

就这样我们一直僵持着直到到达目的地。母亲不断试图让我安静下来,但我却总是提高音量,唯恐天下不知。当我们下车时,她什么都没有跟我说,也没有问我这么做的理由。我觉得我这幕戏以坏结局结束了,母亲为我的行为感到羞耻……我心中的不安成倍增长,我又开始哭起来,哭得比之前更凶。这时更合理的选择应该是在广场上停下脚步,找张长椅坐下,等我心情平复再走。但母亲已经很累了,她受够了我的胡闹,径直走向监狱。我擦干了眼泪,我不想让父亲看到我哭。

当时毫无疑问正值探视时间。我们排到队伍里;一位给我感觉相当和蔼的女士在我们身上摸了摸,检查了母亲带来的盛放食物的网袋,然后将我们放行。我们身处访客小院中,需要等上一小会儿才能见到父亲。母亲独自沉思着(她不和其他探监的女人说话),放任我自己去随便转转。

访客小院周围布满着进口和出口,并不像我之前想象的那样是完全密闭的空间。就算是我这种不知道浪漫为何物的孩子,也难免对监狱这个地方产生一些浪漫主义的猜想。老实说,其实我连"监狱"是什么都不知道。沉重而毁灭性的现实感使之前所有的预想，无论是存在的或不存在的，全部破灭了。

我像被吸铁石吸住一样，径直走向一扇门。在我的潜意识里我知道，院子里还有其他孩子，都紧抓着他们母亲的手。秋日刺眼的阳光把地表照得发白。这是一天中最令人昏昏欲睡的时间；我感到眼前一片模糊。

在我的亲身体验中，和监狱最相像的就是医院，因为两者都意味着长时间的囚禁。但还是有一点不同：病人无法离开医院是出于内在的因素，比如我自己经历的，躺在病床上动弹不得。而犯人没法离开监狱则是出于另一种因素。我不清楚这种因素到底是什么；"强制力"的概念对我来说还过于模糊。我的脑海里产生了一种混杂的东西：监狱和医院。这两者之间存在着看不见的东西使他们可以互相转化。疾病会好转，而"染病"的意识会转移……这是个完美的逃跑计划。也许父亲能和我们一起回家……在这栋无比现实的建筑里，我幻想着我的魔法……如果说我父亲是因为我的过错才被关进来的话……

但我的魔法却开始在我自己身上起了作用：一阵悲哀的幻觉一下子把我的灵魂带到了远方。为什么我没有玩具娃娃？为什么我是这世界上唯一一个连半个玩具娃娃都不曾拥有的女孩？我的父亲被关进监狱……没有玩具娃娃陪伴我。从来就没拥有过，我自己都不知道为什么。不是因为贫穷或者父母的吝啬（这些在孩子面前都不是阻碍），而是出于另一个不为人知的理由……但是，在这神秘的原因中，贫穷也算是一个要素，尤其是现在更甚。我和母亲将陷入真正的贫穷，被人抛弃，孤独地生活。所以，玩具娃娃对我来说就是一个刺痛着我的痛苦的愿望。和我惯常的戏剧性的性格相符，怀旧的伤感变幻莫测，渗入了我全身。玩具娃娃已经永远地消失了，在我学会怎么问大人要之前已经消失了，留下了一个空空如也的黑洞……我自己就像那丢失的娃娃，无人问津，没有一个女孩会收留……

这就是我，一个不存在的女孩。我活着，但我已经死了。如果我死了，父亲也许就能获得自由。法官们会对一位父亲一命换一命的复仇抱以同情，尤其是被害者是他深爱的女儿，而害死他女儿的则是另一条完全陌生的生命。但我活了下来。然而，我知道我也已不是原来的我了。无论出于什么理由或通过什么方式，我已经改头换面。突然，我的记忆里出现了空白。在冰激淋店事件之前的事情我全部都记不起来了。也许对那件事我也已经记得不是很清楚。也许事实上我和那个店员的生命互换了：他死了而我活了过来。所以我觉得我像死了一样，是一个看不见的幽灵……

当我回过神来的时候，我已经身处另一个地方。是室内。我是怎么进来的?父亲现在在哪儿?后一个问题唤醒了我。我醒了,因为现实和我的幻境实在相似。我独自一人,被抛弃在这里,像幽灵一般……

也许是我无意中爬上了楼梯,或者更有可能的是这栋楼里存在着改装的地下室。当我跑到偏僻走廊的尽头,转过九十度的弯,想回到院子里给父亲一个拥抱的时候,我发现我偶然间来到了一个平台上,下面是一块四方的空间,被铁栅栏分隔成两半。我觉得我已经走得太远了,心中泛起一阵不安。伴随熟悉的绝望感,我寻找着出口,但却犯了个严重的错误:我不相信自己能原路返回,而是从墙壁上看到的第一个洞钻了进去。这堵墙显然是正在进行改建;这个洞,或者说是裂口,至多也就是四十厘米高二十厘米宽,高度和墙根差不多。在我眼里它肯定是一条返回起点的近路。从洞里钻出后,我爬到了类似飞檐的地方,离地有十米高。出于对这高度的恐惧,我贴着墙沿着这条飞檐慢慢向前滑动,而天花板就在头顶上。由于我不敢靠近飞檐不规则的边缘,所以只能看到下面有一条小径,其他的东西则因为光线太暗而看不清。这条飞檐事实上就是灰泥天花板的残余部分,它的尽头是一个小方块。我钻进了这扇天窗里。这是一块一米见方的空间,四周的墙有两三米高,而上面则是一块方形的天空。我脚边四堵墙的墙根围成四条沟，通向黑暗的尽头。我坐在地上，安静下来。我觉得我要在这里度过一整夜了。虽然现在只有下午四点，但我的黑夜已经降临。没有出口，所以我无法再往前走了，也不再想着回去……这两者是有内在关联的。我父母对我的态度永远都只是"这次你走得太远了"，而从不是"你从太远的地方回来了"，因为去了太远的地方就没法再回来。

为了打发时间，也为了减轻心中的不安，我想起了父亲，并且思绪逐渐发散到所有被关在这里的人：那些绝望的、被排除在社会之外的、没法拥抱自己的孩子的人……我处在他们之上，在他们之上盘旋着……我就是天使。这对我来说并不奇怪。我经历的一切，从一开始我吃那只草莓冰激淋起，都引导着我达到这个顶点，化身为一位天使……罪犯们、盗贼们、杀人犯们的守护天使……

所有这些被囚禁的人都是我的父亲。我爱他。以前当他抱着我，或者拉着我的手出门的时候我就爱着父亲，但现在我知道这种爱比之前更深。为了寻找真正的爱，我必须化身为所有身处绝望之人的守护天使。

这是一场持续几个小时的神秘经历。我近距离接触到了人类本性，这只有天使才能做到。就算没有长翅膀，也无法动摇我心中所想。而且恰恰相反，如果有了翅膀，我可能已经从头顶上四方的天空飞走了。

和我刚才所说的一样,这是一段很长的插曲,持续了一整个下午和晚上。人们直到第二天早上十点才发现了我。我幻想着人们正在寻找失踪的我(我知道这幻想的来源),甚至听到了呼唤我的声音;我听见扬声器里传来"塞萨尔·艾拉小朋友……""塞萨尔·艾拉小朋友……"这已经不是幻想,不是脑海中重构的景象。这是我应该回应的声音,我也想这样回答:"我在这里,救救我,我不知道怎么下来。"但我却不能。出于我的软弱无力,我只能在心里预想。我想象出一幅场景,在其中我正向典狱长解释发生的事:"我爸爸抓住了我,把我带到一个地方……他把我藏起来,当作他和同伙合谋越狱的人质……"这样他就能原谅我了,而父亲也会原谅我,因为我的无知,我的软弱,我的恐惧……出于我过剩的想象力,这个故事还能加以改进:"但我爸爸也是被强迫的,被这些罪犯里的'王'。爸爸从不会这样对待自己的女儿……"害怕典狱长误解我的话,我澄清道:"我爸爸不是那个'王'……"我已经开始把谎言越扯越复杂了。老练的说谎者知道成功的关键在于伪装对某些事情的一无所知,比如对所说的那些话产生的后果,而造成是其他人先意识到的假象。"我没听到爸爸说起那个'王'……是其他人说起的,既崇敬又恐惧……他们称呼爸爸'哈梅斯塔'〔作者这里玩了一个文字游戏。"哈梅斯塔"

(Jamestad)显然是从西班牙语中的"陛下"一词(Majestad)变化而来。]……我不知道为什么。我爸爸名叫托马斯……"典狱长会掉入我的圈套里。他会想,谎言不会扯得那么复杂。人们总会有这种想法,这是一条金科玉律。他会彻底相信我。而父亲不会,他知道我的小算盘,他就是我的诡计……他会明白,会原谅我,即使这意味着他会在监狱中多待上十年……这不是一个天使所想的东西。天色已经晚了,夜空上闪耀着星光。扬声器的声音扫过整座监狱,呼唤着我:"从藏身的地方出来,塞萨尔,你妈妈正等着带你回家……"这是女人的声音,是那些社工……也有我母亲的声音……甚至我觉得听到了父亲充满爱的声音,这让我心头一紧。我已经有好几个月没听见父亲的声音了;我希望自己拥有一对翅膀,赶紧飞出去……但却不行。这种感觉在我一生中重复出现:听到一个声音,理解它给我的指令,我想照它去做,但却做不到……它甚至构成了我生活的全部,除此之外我一无所有。因为现实,这个唯一的舞台,当我想要融入其中的时候它就会离我而去。

在这件事,甚至所有其他事情中,相信自己是个天使是个相当有效的安慰。它能改变现状,把我引入梦境,最真实的梦境。它能改变现实。我生病时承受的痛苦幻境也是一种改变,但是产生的是完全相反的效果。真正的梦境是现实中快乐的一面，就像天堂一般。现实会转变为幻觉或者梦境，而梦境同样会产生梦境；这就是天使，或者说，这就是现实。

7

冬天到了，母亲开始以熨烫衣服为职业。整个下午我们都待在屋内听广播。母亲弓着背熨烫潮湿的衣物，我则双眼盯着我的笔记本；我们俩的思绪都在最神秘的地方飘荡着。每天的生活一成不变：早上我陪母亲干活，中午我们很早就吃午饭，吃完母亲便送我上学，下午五点再接我回家，然后不再出门。我们迷失在广播波段交织的迷宫中，现在我可以把它一点点重现出来。

我开始讲的这个故事完全基于我精确的记忆。记忆中那些不断消逝的时刻都被我视若珍宝。还有一些永恒的瞬间不会随时间推移而逝去，把其他东西都封在它的黄金胶囊里。当然，大多数瞬间都在不断重复着。

我的记忆中混合了广播的内容，或者说，我就是广播。出于我完美无缺的记忆，我可以说在那个冬天里我就是广播本身。不是装置也不是机械，而是从收音机里传出来的、连续的、不断扩散的东西。即使是收音机关着的时候，我睡觉的时候或在学校的时刻，它们同样包括在我的记忆中。广播就是把它本身也囊括进去的记忆；我就是广播。

我无法想象没有广播的生活。事实上，一旦把生活与广播等同起来（这是个简单的脑力游戏），生命中的全部就都由广播而生。对母亲来说广播也是个同样重要的伴侣……在罗萨里奥我们没有亲戚也没有朋友，刚搬来时不幸就马上降临在我们身上。周围的环境让我们交不到新的朋友，所以母亲独自生活在一片孤独之中……当然，我在她身边。虽然我是她的全部，但这远远不够。她是一个喜欢交际、相当健谈的女人……她可以轻易地和周围的人混熟，比如她去买东西时遇到的摊主，比如住在附近的邻居，比如找她熨烫衣服的客户。所有这些人都热衷于聆听她近期遭受的不幸，即使她已经讲了一遍又一遍……每次讲的时候总有些重复，这是无法避免的。她的一生注定是要和社会联系在一起的，那个冬天仅仅是个小插曲……广播起到了它的作用；对母亲来说收音机就是个机械，把她四分五裂的部分聚集起来，使她找回了作为女人、作为家庭妇女的本性……而对我来说，这从天而降的声音让我获得了完全的认同感……我和它融为了一体。

黑夜总是降临得很早，尤其是在我们的房间里。一个个下午，或者说一个个晚上，形成了一层保护壳庇护着我们，尤其是对我；不知道为什么这层庇护给了我极大的快乐。这就是天堂，但那些近在咫尺的天堂反而如同地狱。母亲由于熨烫衣服的工作一直封闭在家，但她却乐于如此，在这表面上的天堂里自娱自乐；她不是一个能看透事物内在本质的人。她回归社会的时间可能还要推迟。而我像吸血鬼一样，靠吸吮这幻想天堂的鲜血生活。

在这样的生活中，重复就是主旋律。每一天都一模一样地过去，而广播中的内容则是每天不同的东西。但有时候它也会重复，重复那些我们一直在听的节目……如果它们不重复的话，大概我们就无法跟着它们听下去，我们会捕捉不到它的踪迹。另外，播音员总是念着同样的广告，我都记在了心里。在我的记忆里这广告从来没有推陈出新，总是重复着最初的版本。我能跟着播音员一字一句地把广告词大声念出来。节目的预告和配乐都一模一样。当节目真正开始时，我才安静下来。

当时我们在听三部广播剧。第一部是关于耶稣基督的，更确切地说是关于幼年耶稣的；这是一部面向儿童的广播剧，由一家生产麦芽饮品的厂家赞助。虽然广告中一如既往地（我是在重复播音员的话）把这种饮料的营养和促进生长的作用吹得天花乱坠，但我却从来没有喝过。幼年耶稣和他的朋友们组成了一个友善的小团体，里面包括了一个黑人、一个胖墩儿、一个结巴，还有一个小巨人。这个团体的首领自然就是那位救世主，他在每个章节中都会上演一个小小的奇迹，就像是在不断练习一样。但幼年的他还不是很可靠，常常因为他渴望帮助拿撒勒城①中穷苦和误入歧途的人而惹上麻烦；不过每个故事都能有一个好的结局：圣父，或者说是上帝严肃的声音回荡着，告诉世人一个教训，或是英明的忠告。这些孩子成了我最好的朋友。我崇拜他们的睿智和冒险，并用我所有的想象力想象着故事可能的不同结局，但最终我总是发现编剧写的结局更让我满意。当然，当时我还不知道有编剧这么回事。对我来说这就是现实，是看不到的、只能听到声音的现实。眼前的景象是我自己创造的。当我最喜欢的那瞬间，主的声音响起时，不仅仅是我，每个人眼前都会浮现出一幅景象。主就是广播中的广播。

第二部广播剧也是和历史有关，不过更接近世俗，更阿根廷化。剧名叫作《告诉我，奶奶》，它的开场总是千篇一律的：孙子们每次都求奶奶玛丽吉塔·桑切斯·德·汤普森讲一个阿根廷历史故事，讲一段她亲眼所见的历史。

---

①传说中耶稣基督的故乡，位于现以色列北部。

一天讲第一次英国入侵，另一天讲第二次①，或者讲两次抗英战争中的小插曲，讲五月革命②，讲总督辖区时期的节日，讲罗萨斯将军独裁统治③，讲贝尔格拉诺④或圣马丁⑤一生中的小故事……我喜欢这时光的跳跃；当然我对历史还一窍不通，但开篇对话中老奶奶亲切、颤抖的声音铺开了时间的沙滩，从中能拾起点点滴滴……老奶奶的记忆似乎很脆弱，悬在一根快要断掉的线上……但当她开始讲起故事，那微弱的声音便消失了，取而代之的是历史上的主角们纷纷登场……我最喜欢这角色替换了：记忆中颤抖的声音像迷雾般散去，超现实般清晰的场景油然而生……

这部广播剧既不是儿童剧也不是成人剧，或者说既可以面向孩子也可以面向大人。这是一部中间作品：对大人

---

① 第一次英国入侵和第二次英国入侵分别发生于1806年和1807年。当时，英国军队两次入侵拉普拉塔地区，均遭顽强抵抗而告失败。两场战役鼓舞并推动了此后不久发动的拉普拉塔地区独立运动。

② 阿根廷五月革命是南美洲西班牙殖民地中首次独立运动。当时拿破仑入侵西班牙，阿根廷前拉普拉塔总督辖区趁势于1810年5月25日宣布脱离西班牙独立，成立临时政府。1816年通过《独立宣言》，正式宣告拉普拉塔总督辖区独立。

③ 胡安·曼努埃尔·德·罗萨斯（1793—1877），阿根廷历史上首个独裁者，于1829年至1852年间统治阿根廷，后被乌尔基萨推翻。

④ 曼努埃尔·贝尔格拉诺（1770—1820），阿根廷国旗设计者，英国入侵时参与保卫布宜诺斯艾利斯，此后参加了五月革命、阿根廷独立战争以及阿根廷内战。

⑤ 圣马丁（1778—1850），阿根廷将领，南美殖民地独立战争领袖之一，与西蒙·玻利瓦尔齐名，被誉为南美洲的解放者、阿根廷的国家英雄。

们来说能让他们回忆起学校里学的历史，而对孩子们来说当他们在学校里学到那段历史的时候就能马上回忆起来。玛丽吉塔太太和她的孙子们构成了同一个个体。她其实永远是个孩子……她衰老而虚弱的记忆事实上却如此不朽。她遥远记忆中的场景并不像一幅幅无声的画一般重现，而是伴随着声音，甚至是最微弱的叹息声，或者是椅子倒地的声音——一位四十年前已经去世的女士走进了客厅，一位已经去世六十年的总督府官员匆忙站起——他显然是爱上了她。

第三部广播剧在八点开播（时长半小时），显然是面向成人的。这是部爱情剧，当时所有的明星都有出演。从某种角度上说，这部广播剧和现实融为一体，而其他的都只是处在现实的边缘。它的复杂性可以作为证明，或者说我觉得可以作为一种证明。而我自己的现实并不复杂，恰恰相反，我的故事相当简单。对于这部广播剧我没法像前两部一样概括它：它没有一个故事核心作为基础，只是纯粹的复杂。有一个情节可以证明它那剪不断理还乱的纠结：所有人都坠入了爱河，没有配角。爱情就是整部广播剧的主旋律，每一名角色都陶醉其中。就像小小的分子一样，所有人都在这充满回声的天空下散播着爱，每一双渴望爱的臂膀都搂着爱人。这高密度的混乱场景形成了一种新的

"简单"的定义。天空不再空空荡荡，不再千疮百孔，甚至不再是无形的，它成了一块坚固的爱的岩石。我生活的那种"简单"则完全相反，那是近乎"无"的空虚。出于我无依无靠的孤独，我似乎在这部"星光熠熠"的广播剧中得到了这样的信息：人长大是为了爱情，而只有那熙熙攘攘的夜空下才能从虚无中产生出这一切，或者至少是某种情感。

除了以上这三部广播剧，我们还会听各种类型的节目：新闻、有奖问答、喜剧，当然还有音乐。我当时最喜欢的歌手是尼克拉·帕奥尼[①]。不过我从不挑三拣四：所有的音乐都是我的最爱，至少当我听着的时候是这样。即使是孩子们大都听着很厌烦的探戈舞曲我都喜欢。音乐奏响时蕴含着的能量让我心生向往，把其他的一切都抛在脑后。我听到的任何一段旋律都是世界上最优美的，独一无二的。这是一个满载着最大能量的时刻，我为它而痴迷，就像被催眠了一样（又是催眠术！）。我一次次地想再做尝试，我想试试另一种音乐，另一种旋律，我试着比较，试着把它们记在脑海中，但却都做不到。我总是被淹没在现在正响起的音乐里，像被关在金色的牢房中一样。

还是有关音乐的事。有一次，在贝尔格拉诺电台里节

[①] 尼克拉·帕奥尼（1915—2003），生于美国的意大利裔音乐人，他的音乐反映了客居拉丁美洲的意大利移民的思乡之情，20世纪四五十年代时在阿根廷相当流行。

目的间隙中，一位歌手第一次也是最后一次献唱，我和母亲都十分认真，不抱任何狐疑地听着。我觉得这次母亲听得和我一样专注。不开玩笑地说，那个女人的歌声是所有敢于出来献唱的人里走调最严重的。没有一个乐感如此之差的人能坚持到唱完；在钢琴伴奏下，她唱了整整五首歌，都是波莱罗舞曲或浪漫主义的歌谣。也许这就是个搞笑节目。但一切都是那么严肃，播音员一本正经地介绍这位演唱者，在每一首歌的间隙用忧郁的嗓音播报下一首的歌名……这是一个谜。没有任何的评论，其后的节目又照常开始了。也许她是电台老板的亲戚，也许她付钱买下了这段时间来自娱自乐或者是履行一个承诺，谁知道呢。但就算是独自一个人在淋浴龙头下唱歌，唱成这样也会羞愧难当，何况她是在广播里唱。大概她是个聋子，是个残疾人，能唱歌已经是个伟大的成就，但电台中忘了提起这事。又或许她原本唱得很好，只是太紧张了。后一种解释的可能性很小，因为她唱得实在太糟糕了，即使是刻意为之也没法唱得比这更烂。不仅仅是那些有难度的音，她几乎每个音都走调，几乎一点音调都没有……无法解释。这就是无法解释之事。大众传媒就是那些真正无解之事的唯一的殿堂。

在本书的记载中，那个歌手令人无法理解的表演无论在我记忆中、在广播里，还是在这个世界上都是件最奇怪的事，是我所经历的最奇怪的事，也是我唯一不能解释的事。这不是因为我刻意想说世上最奇怪的事情交织成了我的生活，而是我怀疑在这件事上其实存在着解释，一种确实存在着的解释，存在于阿根廷的某处，在她某个儿子或者某个侄儿，抑或是某个现场见证人的脑海中……也可能那个走调的歌手自己心里清楚……也许她现在还健在，还记得这件事，正在读着我的这本书……我的电话号码就写在通讯录上。我总是打开自动应答，但其实我就在电话边上。让我认出她很容易……当然，根本不用报上名字，对我来说这没意义。只要开唱就行。那几首歌里的任意一串音符，任意一个再短不过的片段就够了，我确信那足以让我认出她来。

8

收音机陪伴着我的生活。时而重复的节目使我领悟，像赠予了我一个惊喜的礼物。我欣喜若狂地拆开了它，在那一瞬间传出的声音决定了它是重复还是改变……它使我翻滚的记忆平息下来……我已不觉得我用残忍的方式重新开始了生活，而是继续这样生活下去……

不知道读者是否已经注意到，一段时间总是承载着另一段时间，广播中不断重复的时光承载着不断逝去的时光。就像是轿子里坐着一头大象，庄重而缓慢地向前行进。在时间的洪流中，灾难只是一种被卷走的可能性，我觉得在我的生命中灾难已经不会再降临：我会和世界上所有人一样活着，置身于时间轴的高度看着一切灾难的发生……事实似乎印证了我的感觉。学校里的老师继续无视我，这没什么。母亲不再带着我去探监，我也很好。生活的简单对我没有什么影响，我的内心中已经接受了某种平静。我发现这由一天天、一个个星期、一个个月构成的时间之轮不再卷入那些令我胆颤的瞬间，而是向着对我有利的方向前进。就算其他的一切都背弃我我也不怕，有了时间站在我这边就已足够。我把时间紧紧抓牢，随即我也投身于教育，这是人类唯一一项能让时间与我们做伴的活动。

这次我终于做了件和同龄的女孩子特点相符的事，把自己当作老师。所有这个年龄段的女孩子都会热衷于给她们的玩具娃娃或者想象中附身在娃娃里的孩子"上课"。一无所知的孩子竟然热衷于教别人是件多么可笑的事。对于旁观者来说这是个多么荒唐的教学法。这是怎样的一课！

因为没有玩具娃娃，我只能去给我虚构的孩子们上课。而我脑海中并没有这样的虚构人物，所以就只好用了现实中存在的孩子，按我的想象重构他们。这些孩子都是我班上的同学，我也不认识其他的孩子，而且他们正是我理想的教学对象，因为我对他们的校外生活一无所知。在我眼中他们就是最纯粹的学生。为了让这场游戏更有趣味，我给他们分配了各种扭曲的、难以理解的古怪特征。他们都患有复杂的失读症，每个人的症状还不一样。而作为理想中的教师，我给他们每个人都根据不同的需求因材施教，根据不同的能力布置任务。

比如……为了把这场教学游戏讲明白，我必须举一些实例。这是一种思维跳跃，因为直到现在我都在设法避免例子的缺乏逻辑性。我现在举其他孩子的例子是为了讲得更清楚，为后面回到我自己的例子上来做伏笔。比如，有一个孩子他独特的障碍在于总是把每个词里的元音字母先归到一起，然后是辅音字母；比如"consonantes"一词他会写作"ooaecnsnnts"。这还算是个简单的案例。还有的总是写错字母，像照着镜子一样写反……第一种情况纯属虚构，从没有人真的会有那种障碍；第二种更为现实，但也纯属巧合，出于某种概率。我并不知道什么是真正的失读症，无论是我还是我的同学都没患有这一症状。这只是我为这场游戏添加趣味而创造出来的东西。我甚至没有想过现实中会否真的存在这样的一种精神疾病，如果知道真的有的话我会大吃一惊。

我们班上一共有四十二人（算上我应该是四十三人，但老师从来不管我，不会跟我说一句话也从未提到过我），所以我脑海中构建的班级也是四十二人。四十二个不同的个案，四十二个故事。就算为了减少工作量而只留下一个，对我来说都是一项不可思议的浩大工程。对于每一种失读症，我都给予了一种对应的家庭因素，用了一些胡言乱语般的术语，不过这显示出六岁女孩好奇的本能。比如，那个写出来的字母都是镜像的孩子，他的父亲是女性而母亲是男性。这影响了他的学习，因为他不得不帮妈妈做饭（他母亲是男的所以不会下厨），所以没有时间做作业；或者因为他家庭极度贫穷（他父亲是女的所以到处都找不到工作），所以我不得不担心他的学习用品问题。对另外四十一个学生我也是如此。这就像一个无底洞，没有一个现实生活中的老师会着手这样的工作。

我给我自己强加的这种弹性化教学让情况变得越来越复杂化：复杂程度永远在增长，永远得不到简化。教育对我来说虽然是个迷宫般繁杂的系统（从学生数量上来说），但却是一条单行道，所有的阀门都开向同一个方向。我从不会试图纠正任何一个学生的读写障碍，我只想站在他们的角度上教会他们读和写，每个人都切合各自的文字体系；只有在那体系中才能取得进步。例如，对于那位写的字都是镜像的孩子，可能他一开始颠倒着写了"mamá"一词，然后继续这么倒着写了一本一千页的书，一本词典，所有的都这么写。事实上，我创造的不是"症状"，而是包含某种障碍的体系。这些体系并不能被"治愈"，而是会继续发展下去。我现在使用"失读症"这个术语，只是因为这是我找到的一个可理解的、含义近似的正式术语。

我布置了一次听写（当然是想象中的），然后把作业本（当然也是想象中的）收上来订正。出于只有在参与这场游戏的孩子们之间才存在的完全的诚实，我有意地根据他们各自独一无二的书写规则来批改他们每一本作业。

但这似乎还不够，我还尽可能合理地让每一种失读症适用在一门西班牙语以外的学科上，比如数学、体育、绘画，等等。举个最简单的例子（其他的远比这复杂），还是那位写的字都是镜像的孩子：他算算术的时候不仅数字写得左右颠倒，计算的结果也是相反的，2加2他算成0，而2减2却等于4；阿根廷民众们要求召开"闭门会议"①，哥伦布发现了欧洲大陆，先结出果子后开花；而那些颠倒的

---

① 这里指的是阿根廷五月革命中的事件，恰好与史实相反：1810年5月21日，布宜诺斯艾利斯民众打断总督召集的议会，要求召开公开代表大会（与文中的"闭门会议"相反）。翌日，代表大会召开，23日与会者投票反对保留总督权利，25日拉普拉塔总督辖区宣布脱离西班牙独立。

画作我也必须想象出它们的样子。

一切都必须在我自己脑海中生成。我的教学游戏里没有布景，没有物质材料，甚至连一张做笔记用的纸都没有（另一方面，我自己也才刚开始读书，所以无法像速记员一样飞快地记笔记；而那么多学生又使我的想象力必须开足马力才能取得进展）。我集中注意力，一动不动，两眼睁开，用一些残余的意识听着收音机。我用纸牌搭成的城堡总是摇摇欲坠，一丁点儿的走神都会不可逆转地打断我的思路。一张图表可能是一种解决办法，我开始渴求这么一张图。而且如果我能把这个教学游戏大声讲出来可能就没有那么困难，但我却不能这么做，因为这个它美的地方就在于它是藏在心中的秘密。母亲从不知道我在给想象中的人上课。谁知道她看到我像一块大理石般待在那里的时候会怎么想呢？

"记忆"在其中扮演了关键的角色。我的记忆是完美的，但这还不够，我知道我还需要些什么。我需要一种方法，所以我利用了教室中坐满孩子时的景象；而为了描绘出这幅景象，里面的人物都必须处于静态。我觉得任何四十二个（我不算在内）六岁孩子构成的班级都一样，所有人都安静地坐在自己座位上的时刻必然罕见。这场景只有在一种情况下会出现：老师在点名。像是在念一连串的祷告，先念姓氏，再念名字——除了我的之外，我本该第二个念出来，位于阿巴特和阿尔托拉之间。每天一成不变的顺序，我都记在了脑海中。它像一幅有声的画面，每个孩子都在他该在的位子上……可惜，这声音和画面的融合无法让我直接利用，因为其中的音频数据是按照孩子姓氏首字母排列的，和他们各自的座位顺序不同。所以，我不得不在这两种排序交织下艰难地沿"之"字形前进……

我完全沉浸在这场教学游戏中，以至于感到了它给我带来的欢乐。这是我一生中首次感到持续的、在我掌控之中的快乐。快乐中伴有痛苦，甚至难以忍受，但我原本就是这样的人。这种快乐不断地扩散，升华……它几乎就要超越我的控制，使我贪婪地投入了所有想象力。超越了学校的范围，我开始传授一切，传授生活。没有任何听众，我教授的对象是我内心中看不见摸不着的东西，甚至想象不出他们的形象。"没有"即是"所有"。

我传授的内容囊括了一切，大体上是我当时正在做的事情，也有那些我没做过也永远不会去做的事（比如登山），但这些事我都描述了最细微的细节。而我的描述的基础、方式和主干都源于我当时的经历。既然我的行动都会转化为知识，那么知识和行动就是同一件东西。我走在路上的同时，也在向无形的学徒传授着走路的要领，传授怎么走更为合适……这不像听上去的那么简单，万事都是如此……真正有用的是一种优雅气质，而它源于最细微的细节构成的知识。这种我独有的、神秘的细节化特性只有我能传授给……没有人，我不知道有谁，也许有吧。这场游戏占据了我生活的全部：如何拿起刀叉，怎么送进嘴里，怎么喝一口水，怎么朝窗外看，怎么开一扇门，怎么再把门关上，怎么开灯，怎么系鞋带……所有的事都伴随着一连串不停的指令"这么做……永远不要那么做……有一次我曾这么做……要当心……有人会选择……这么做的话，结果不会太……"。这是个快速的过程，一闪而过，没有任何缓一口气的机会，因为这场游戏中"速度"就是关键因素，而我正在举例说明这一点。还有很多事情我要传授……永无止境……有些还是同时进行的，比如让视线微微转向右边，看着地平线上的某样东西，控制自己眼珠和头部的转动（而且还必须有合适的内心活动相映衬，否则就没有任何意义！），同时用完美的手势捡起一块小石头……怎么用餐具，怎么穿裤子，怎么咽口水。怎么安静下来，怎么坐在椅子上，甚至怎么呼吸！我无意中在做着瑜伽，最高等的瑜伽术……但对我来说这不是一项锻炼：这是一门课程，当然是我完全掌握的课程……所以我应该传授它……我也的确很清楚这一点，因为生活就是这么自发展开的，虽然重要的并不是知道，也不是怎么做，而是怎么解释，怎么阐述自己知道的东西……精神和语言的运作机制让我兴致盎然，有时候甚至发现我正在给自己上着课。

9

母亲就是我最亲密的朋友。但这不是出于某个决定性的选择，或是其他什么选择，而只是因为需要。我们俩被隔离在社会之外，除了相依为命还有其他选择吗？这种情况下，需要变成了一种天性，也仅仅是一种天性。仅仅是一种需要。我们并不需要什么深层次的东西，这只是偶然的、暂时的需求。很难找出另外两个生命体比我们俩更近似；我们丝毫没有互补，因为我们完全地相似。母亲同样也是个幻想家。她想在我面前隐瞒，但我还是从一些微小的细节中发现了。人隐藏的本性往往就在细微之中，但我却率先把它抓住，所以可怜的母亲连在我面前隐藏的机会都没有。我猛兽般尖锐的双眼阻止了一切可能融入我生活的东西。

即便如此，在那年我也有了一个朋友。他是邻居的孩子，我经常和他一起玩，就像字面意义上的再普通不过的朋友……而我也似乎成为了字面意义上的普通小姑娘（就如"普通"一词的含义一般）。然而事实并非如此，我和阿尔图罗·卡雷拉的友情故事是最特别的。

　　我之前说过的，我们家在罗萨里奥郊区河畔的一个吵闹的街区。庆幸的是，我们住在一栋楼中不算最差的房间里。和这样的环境不相称的是，这里几乎没有孩子，房东们不允许孩子住进来。而我则是个例外，因为我没有兄弟姐妹，我的母亲无依无靠，更主要的原因是母亲对房东说我智力发育落后，而且从外表上看似乎的确是这样。他们对阿尔图罗·卡雷拉网开一面的原因更加复杂，但我从未试图让他解释过（即使这是一切的关键）。

　　他是个无父无母的孤儿，唯一还活着的亲属就是他奶奶，老人和他一样也只剩一位活着的亲人。我和我母亲也是这样，但他们的情况更加困难：我们只是暂时在罗萨里奥孤独生活，而他们则是永远孤独地生活在这世界上。他们俩之间的关系和我与母亲之间完全不同，因为他们和我们不一样。老奶奶已经上了年纪，身材如小孩子般矮小，头发花白，穿着黑色外衣；她说话带有西西里岛的口音，只有她孙子才能听得懂。不过，她却独自上街买东西，并能和所有的街坊邻居聊天。我不知道她是怎么做到的。

　　小阿尔图罗在他的年龄段里算是非常矮的；他已经七岁了，比我还大一岁，但身高却只到我肩膀，而我自己也不高。他的一头金发像上了蜡一般，颜色暗淡，梳得油光光的。从衣服上尤其能看出他是个没爹没妈没阿姨没叔叔一无所有的孩子：任何一个大人都会让这个年纪的孩子穿得比他更得体，而他的着装则是随心所欲。他穿西服套装，内衬浆洗过的白衬衫，系着袖扣和领带。有时候他的套装分为三部分，包括西服背心，或格子图案的运动上衣，配黑色法兰绒裤子，以及擦得锃亮的深红色平底皮鞋，看上去像一个小矮人。他选择面料和做工的眼光相当差劲，但和他搭配上的不协调相比那只是小问题。然而，应该说他对这些毫不上心，也许街坊邻居们也都习惯了他的那种打扮，又或许这身滑稽的行头才是最适合他的。不可否认的是，他是个很有个性的孩子，衣着上的滑稽似乎就是为了个性而付出的代价。相比之下我就没什么个性。我也想为个性付出些代价，但我不知道该付出什么。除了物质上不可能之外，模仿阿尔图罗对我来说没有什么用处，虽然我也没有其他可模仿的对象。所以我就没有模仿他，不要什么个性，暗自猜想这种拒绝可能就是我拥有的唯一的与众不同之处。我开始焦躁起来，照着镜子，找不到一点可以辨认的特点。我就是个不会被人注意的大众脸女孩。如果可能的话我会毫不犹豫地用我的端正和漂亮去换小阿尔图罗的鼻子……

要完整描绘他的模样，我还缺少最关键的特征没有提到，那就是他的大得夸张的鹰钩鼻子，大到几乎占据整张脸，让整张脸都向前凸出。他另一个显著特征是他的声音，更确切地说，是他讲话的方式，就像是他的嘴里充满了空气或被塞进了一只烫山芋一样。这便产生了一种极度不协调感，无法形容，但却不是无法模仿。没有东西是不能模仿的。

小阿尔图罗觉得自己很富有。他相信自己是一个拥有大庄园的家族的后裔和唯一继承人，理所当然地他会继承那些房产和收益……但其实这些都不属于他。他们穷得一无所有。孙子在服装上的开销让这个家庭破了产，只能靠着奶奶做的一些针线活儿勉强地生活下去。奇怪的是，他始终坚持着自己的幻想毫不动摇，就算奶奶不停地讲述生活的贫困以及对于自己百年之后孙子将沦为乞丐的恐惧……当然，她是用西西里方言在说，除了孙子以外没人能听得懂。但如果他能听懂，为什么他却听不出其中的意思，听不出关于他的内容，听不出"他很穷"的现实？他就像听雨声一般听着奶奶的话。而奶奶像是哗众取宠一样，向那些根本听不懂她说话的人不停抱怨着。

尽管如此，或者说正因为这些独特的原因，小阿尔图罗过得很幸福。他是个纯粹的"儿童"（或者说是一个现在已经不存在的典型的儿童），身上完全没有普通阶层的孩子童年经历的痛苦，而我就是那种痛苦的典型例子。他总是无忧无虑，在学校里他是最受欢迎的人，推动着一切时尚潮流，堪称社交名流、成功人士。要不是我们住在同一栋公寓楼使他接近了我，我永远没有机会靠近环绕着他的金色光环。他成了我的保护人和代理人，总是把我的智慧吹得天花乱坠。这是一种近乎疯狂的风度，他整个人就是这个样子。什么事情对他来说都能凸显出我的贤良淑德，把我的智力抬高到远高于他的程度……也许他无意之间说对了。当我隐藏我的内心时，他却把一切内心活动摆在别人眼前。隐藏通常意味着自己有东西可藏，我没什么可隐藏的，但我却这么做了，像是刚刚在地底埋了一份宝藏后回到这个世界上一样。我惊讶于自己竟然能和学校里最风光的孩子成为亲密的伙伴，不过我也把这份惊讶小心翼翼地在阿尔图罗面前隐藏起来。而且，我也没从他的优雅风度中学到什么，对这个我不感兴趣。作为至高无上的导师，我内心中仍保留着那种虚幻的优越感，这不是受了他或者谁的影响才产生的。而阿尔图罗代表着另一面，一个富裕的世界……他的幻想粉饰了我的幻想……富裕意味着上升到一个新的层次，超越了一切的优雅和风度：财富让生活变得充实紧凑，变得光芒四射，但没有了光与暗之间细微的区别和变化，而那些才是我生活的动力。所以，我在他面前完全隐藏了自己，没有恶意，也没有刻意为之。我隐藏了自己的一小部分，这一部分隐藏了剩下的一部分……我背叛了我唯一的一段友情……我不知道我是怎么做到的，也许我知道。我就像是戴上了面具，守护着一颗永远处在变化中的心。

阿尔图罗心中最根深蒂固的一个梦想便是假面舞会，那场他每年为数不清的朋友举办的嘉年华。这听上去像是异想天开，但他的口气却异常坚定，对此前他的嘉年华中的奇闻逸事滔滔不绝。母亲和我正好在他的狂欢节后搬来了这里，离下一届的举办还有很长时间，所以我也没法知晓他的故事都是有理有据还是信口开河。对于小阿尔图罗而言，假面舞会是生命中必不可少的一部分。他就像是天天隐藏在自己的正装之下。尽管还是初春，他已经在考虑下一个嘉年华中自己的伪装了，而我已经成为了被邀请的来宾……如果我会屈尊驾临，如果我看在他的面子上，如果我肯迁就他在这够不上我档次的无聊活动中玩一会儿……

我没觉得他的想象力有多么丰富，如果和我比起来的话。也可能是他想象力过于丰富，这次他思维跑得有点远（从我的角度上来说）。他似乎处在一层光芒四射的云雾中，这让他变得快乐，变得充满想象力，变得富裕、高贵、无忧无虑，但却失去了想象力中蕴含的创造精神。他曾有过装扮成天文学家的念头，而且这个想法一直缠绕着他。"天文学"中所包含的一切内容他都无须考虑：他只需要一个词"天文学家"，以及其附带的一些"最美的"（这是个很合他风格的词）东西，比如星星、星座、星系……

但是，当他问我会穿什么去舞会的时候，我却无言以对，虽然我的想象力胜过他一千倍。

所以，他想来帮我。这是一个下午——放学之后，广播剧开始之前。我们在公寓的院子里，周围死一般地寂静；寂静只会围绕着孩子们，这些到达一天的最深处的时间旅行者。他说他有些对我有用的东西，虽然不是一件伪装衣，但对我来说是一个开始……他溜进了自己的房间。四周依然一片寂静，也听不到他奶奶的声音……就像是所有人都在同一时间睡着了一样，但现在却不是午睡时间：这只是个偶然。我心中感到阵阵不安，阿尔图罗是个冲动的孩子，他对他之外的世界几乎一无所知……他会拿什么出来？可能会在无意中伤害我。这种想法刺痛了我，但却没有持续很久。我相信我内心超乎常人地冷漠。

事实上，我的担心是多余的，他拿出来的是一个纸板做的鼻子。他曾用那个东西来表演一个他常讲的笑话……他唯一的生活哲学便是频繁的交际需要大量的幽默来支撑，至少是他所理解的玩笑,来给人留下欢乐的回忆。这是一个大鼻子,用一条橡皮筋做固定……这个鼻子就像他自己的一样,甚至还要大一些……但形状是一样的……我顿时涌上一股孩子般的热情。这是给我的吗?恐怕连问都不用问了。有时候阿尔图罗像大海般慷慨,有时候又显出固执的吝啬;他就是如此矛盾的一个人。他亲自帮我把假鼻子套上,不过并不是因为他觉得我笨手笨脚……出于我所谓的优越感,我是不习惯戴这么个俗气的面具的。这个假鼻子倒是正好套了上去。他看着我,对我说我的这套伪装已经完成了一半,初见雏形,剩下的是一些补充道具……比如我母亲的一条旧连衣裙……我发现他突然也变得兴致盎然,或许之前他就是这样……这股兴致围绕着他……我能看得出来。我们一个六岁一个七岁,都被一股急冲冲的劲头主宰着,好像当天晚上就要开假面舞会一样……降临在这栋房子的超自然的寂静凝固了时间。阿尔图罗又有了个主意,他一路小跑回了房间……回来的时候手里揣着一件叮当作响的东西:那是他奶奶的烤瓷牙。他把那副假牙偷偷拿出来并不是什么令人吃惊的事,因为他奶奶早就不再用它了……那叮当作响的声音回荡在一片寂静中,在这寂静里,无论什么东西都可能被偷出来……他想让我试一下,因为跟假鼻子相配的显然就是假牙……但我当然表示拒绝……

我从来不会把那东西塞进嘴里，所有进过别人嘴里的东西都一样……他自己把它戴了上去；那玩意儿让他的脸变了形，尤其是在笑的时候……我想他戴上假牙之后，就会想套上假鼻子……所以我本能地抬起手，捂着脸保护那只假鼻子。他一脸天真地说起想要做个戴着假鼻子假牙的天文学家……如果他问我要的话我肯定毫不犹豫地把假鼻子还给他……但他却没有；他又拐了个弯，慷慨大方的一面占据了上风，超越了他自己……他也许会在假牙上串一根线挂到我脖子上，把我扮成一个食人族……或者把假鼻子挂脖子上，把假牙当作我的发夹……或者从我胸口长出来个鼻子，腋下长出来副假牙……这一刻，我不断在自己身上组合着这两件东西……他也一定会有这样的想法……也许是我先想到，但也不好说；这几乎没什么区别……假鼻子就应该套在我鼻子上，而不是放在其他地方……再用假牙咬住它……这就是完整的一套伪装：被鬼咬住的女孩……就算狂欢节还有六个月也没关系，因为幽灵会冲破时间的禁锢……咬的角度相当完美……有些即兴之作能超越一切艺术……还没把假鼻子从我头上取下来，他就把假牙嵌进了纸板里……我担心他会不会弄坏了这纸板鼻子，但小阿尔图罗除了慷慨之外还富有牺牲精神：对于他这个"大财主"来说，只要能带来笑声和快乐，他并不在乎损坏自己的东西……这副烤瓷假牙就像是磨尖了的老鼠牙……我并不知道这是瓷制的，还以为这是从死人身上来的。我原以为假牙就是用死人的牙齿做的；很多人也都这么觉得……假牙刺穿了纸板……阿尔图罗熟练而笨拙地在我身上捣鼓着，笑得眼泪都挤了出来……我想照照镜子看一眼……事实上根本用不着，因为从朋友灰色的小眼睛里就能看到我自己的样子……真是个壮观的景象……一个被幽灵咬了的女孩……但是支配着阿尔图罗生活的对伪装的痴迷已经超过了应有的限度。他用力过猛，让这像死人牙齿般恐怖的假牙扎进了我自己的鼻子里……因为在他做的纸板假鼻子下面，还有我自己真正的鼻子……与其说刺痛不如说是一惊……我曾经把自己的身体抛之脑后，但那一刻那一咬，那种窒息的、恐惧的感觉，让我全都想了起来……我发出了一声令人不寒而栗的惊叫……我觉得他砍断了我的鼻子，我变成了一个怪物、一个骷髅头……小阿尔图罗吓坏了，向后退了一步。我的惊叫让他血管里的血液都凝固了……他恐怕一辈子都忘不了……但随后一桩笑话，可能是他看到过的最好笑、最滑稽的一幕发生了，即使他当时没有意识到：他看着我，我看着他恐惧的双眼，挣脱他的手转身就跑，一边跑一边哭着喊着……惊恐万状地一路狂奔……我要去哪儿？我要往哪逃？鬼知道！我从他的笑话、滑稽，和以后会流传的逸事中逃了出来……我逃离了朋友,而且并不是出于轻蔑,或者如天真的阿尔图罗所想的去做什么更重要的事:只是恐惧,最黑暗的恐惧,给我的双脚插上了翅膀。

10

一切发生的事都推动着时间的车轮滚滚前行。突然间,我毫无征兆地感觉到了空气中的变化:寒冷渐渐消退,白天也渐渐拉长……春天到了。旧的一年被甩在身后,已经与我无关,独自枯萎凋零。一切最细微的东西,一切活动,一切思绪,一切恐惧都已从现实中驱散;在这现实中我触摸到了崭新的开始,触摸到了这让人微醺的处女地。这不是因为我盲目乐观——我的经历实在和乐观主义背道而驰,而且无论如何乐观也不可能符合我的一贯风格。大概是我体会到了年复一年的循环吧,虽然我的生活从那个秋天我们搬到罗萨里奥不久之后就变成了一条直线,已感觉不到它的周而复始。总而言之,我相信一切都将会改变。

我身边的一切,也包括我自己都在变,那我的生活有什么理由不改变呢?我已经不关心学校的事,父亲不在身边也好,老师不理不睬也好,广播肥皂剧也好,小阿尔图罗也好，都无所谓了。就像是烟消云散一般，一切都变得透明起来……我执着于这种透明，但没有了焦虑和痛苦，我好像并没有滞留其中，而是像一只鸟一样穿过了它。我感到广阔的空间正吸引着我，和我们住在普林格莱斯时一样，即使我已经没有了在那里的记忆；遗忘将我和我搬来罗萨里奥前的生活分隔开。那时的生活原本只是记忆的产物，但普林格莱斯广阔的天地已经不是记忆，而是一种渴望，一种快乐，它可能存在于任何地方，只要我睁开眼，伸出手……

这片欢乐的天地染上了一种色彩：粉红色。那是黄昏时天空的粉红色，一片遥远，透明，一望无际的粉红色，它的表象正如我那乱七八糟的生活。我是巨大的，透明的，遥不可及的，我的荒谬的生活映衬着这片天空。生活是我自己画的画，活着就是用那片悬在空中的、不可思议的粉红色来粉饰自己。

我们街区里遍布着低矮的房子和宽阔的街道，天空的盛景几乎唾手可得。母亲开始让我独自前往四夸德拉（一种南美洲的长度单位，一夸德拉折合约一百多米，各地标准有差异）外的学校。这段路我走得很慢，尤其是当黄昏降临，我从学校返回家里的时候。我终于获得了自由，漫无目的地流浪着，探索着这座城市……当然，其实我并没有深入，只是在我所住的城市边缘地带活动……从一条河流出发，我窥一斑而见全豹地猜想着城市的样子。每天我都能看见那条河；它离家很近，所以总是会见到，而且我从不缺少出门的机会。只要母亲出门我就会跟着她……事实上，我总是陪在她左右是因为她不敢把我一个人留在家里，也不知道她到底在害怕什么。不过，我已经发现一种能让我开心的方式；对我来说一切我喜欢的东西都会变成一种怪癖，没有例外。母亲不得不忍受，即使这经常给她造成麻烦。我干的事就是"跟踪"：我让她走在前面，相隔大约一百米的距离，然后我躲起来，躲在一棵棵树、一条条过道背后……我会藏在任何能挡住我的东西后面（只是出于我的怪癖，母亲早就厌烦了，根本不会再回头看我一眼），比如一辆停着的车、一根灯柱、某个路人……当她拐弯的时候，我跑到街角偷偷瞄着她，待她走远，然后再找一片空间躲起来……如果看到母亲进了一家店铺，我就躲在那儿等着，两眼盯着店门……她回家的时候故事迎来了索然无味的结局。我在角落里躲上半个小时，看她会不会再出门，然后再回到家里，绝大多数情况下会被打一个耳光。我的"跟踪游戏"让她神经紧张，因为我总是几乎要走失。我开始变得聪明，挑战起最高难度；最高难度下我和她之间的距离既不短也不长，因为这段距离已经消失了。

我回到家，躲在门厅，也不知道母亲回来了没有……有时候她发觉我没有跟上，便不得不中断购物回家……然后抽我一个耳光，抓紧我的手再次出门，紧到我的骨头嘎嘎作响……我已经无可救药了。玩这场游戏是我自己的自由，然而，我却从未在这场游戏中进行我那引以为傲的"教学"，虽然这是个好时机……跟踪的过程就包含了那些知识，像地图一样描绘出这个城市……母亲只在我们住所周边有限的范围内活动，总是那几条街，总是那家杂货店，那家肉铺，那家水产铺，那家蔬果店……我没有迷路的风险。我早晚会跟丢她，却不会迷失自己，虽然她总是怕我走丢。但即使我走丢了我们都不会觉得奇怪，我甚至不知道为什么我从未走失过。

我自己都无法解释怎么才能跟丢母亲，她怎样才能避开我这固执而精巧的把戏；我觉得这是世界上最简单的一个任务。我的潜意识告诉我，我母亲巴不得从我视线中消失。只有在我的游戏里才会存在这么一个精明的罪犯，察觉了有个敏锐的侦探在跟着她，便灵机一动想让侦探迷失方向，或者说至少尝试去这么做……但事实上可怜的母亲一定想用根皮带拴着我。不过，她无法阻止我藏在过道里直到和她保持某一段距离，所以她只能要求我不要跑到可视范围之外去……如果可以的话，她会留下一些面包屑或纽扣什么的来标示踪迹，或者让她自己变得磷光闪闪，或者举一面小旗子，让她那个笨蛋女儿不要再跟丢她……但她做不到。她不能做得那么明显，因为这意味着她已经参与了我的游戏；在小径中缓慢前行，留下清晰的背影，在每个转角都停留一分钟，在进入每家商铺大门前也这么停上一停……这对她来说都很难。那样做能让她确信我跟在她身后，但她没法这么参与我的游戏；不是不愿意，而是不能。这是个大是大非的问题；她不能参与进来，不能把我放在如此重要的位置。但她更不可能故意增加我游戏的难度，从一开始便躲起来消失在我的视线中。这本身不难做到，但却更不可能，因为她作为母亲的本能会让她担心。所以她唯一能做的就只剩顺其自然，像独自一人一样照常出去购物，不管有没有人跟着她……但这也不行！甚至可能性更低。她很清楚我在背后盯着她，很清楚我就在身后大约一百米的地方，藏在一条狗或者废铜烂铁后面，所以她怎么可能熟视无睹？她还有什么选择？她不得不把以上三个不可能的选择结合起来，在这三个选择中游走，而无法固定地遵照其中的任何一种……

被失败所鼓舞（其他人都是被成功鼓舞吧！），我决定提高游戏的难度。我把间距从一百米增加到二百米，所以一开始母亲就从我视线中消失了。跟踪已经不是通过视觉实现，而是全凭猜测。我给人上课的爱好构建了我和世界之间的联系，让我沿着这条路继续前进，让一切都达到最精细、最有效……失败也好成功也罢都是次要的。"跟踪"的感觉越来越强烈……物极必反。当母亲从视线中消失的时候（我渐渐发现一出门我就看不到她了），我开始感觉到其实我才是被跟踪的一个。

被跟踪的感觉几何级数般在我脑海中膨胀，使我产生了把它告诉母亲这一明智的想法。我夸张而莽撞的表现让母亲一开始没把这当一回事，但我始终保持必要的坚持，让她产生了不安，毕竟曾发生过那么多可怕的事……她问我是否看到过跟踪者，他是男是女，年老还是年幼……我不知道怎么告诉她我所说的"跟踪"并不是字面意思，而是微妙的感觉，是一种"知识"。

"你以后除非拉着我的手否则不准出门！"

当时小报盛传着有很多遭到侵犯的男孩女孩横尸荒郊野外，尸体毫无血色……血管里一滴血都不剩。吸血鬼旋风般横扫了整个国家。母亲是个来自乡村的女人，虽然没有那么愚昧（她上过一年中学），但却单纯，轻信别人……和我有天壤之别！她不仅相信小报上的新闻（如果仅仅是相信，那我可能也会如此），而且竟然还会把那些小道消息引入自己的现实生活……这就是我和她之间关键性的区别，一条将我们分隔开的鸿沟。我的现实生活完全和我的信仰无关，和由大家的信仰构成的普遍的现实无关……

话题转回来。有一次我跟着母亲出门……我彻底地跟丢了她，不知道她到底是继续直走，拐弯，还是直接回了仅距离两夸德拉的家。

当时，我们刚出门不久，母亲可能会花个半小时才回来，神经紧张地为我担心着，也许为此她根本没法买东西……忽然一位陌生的女人走近了我：

"嗨，塞萨尔。"

她知道我的名字。我从不认识其他人，也没人认识我。这人是从哪里冒出来的？大概住在同一个街区，或者是某个母亲常去光顾的小店的店主；对我来说那些女人都一样，所以她可能是其中的任何一个，我对不认识她丝毫没有感到奇怪。真正匪夷所思的是她竟然跟我搭话。这不仅仅是"她是谁"，更是"我是谁"的问题。我坚信我的存在就像是空气一般无声无息，无关紧要，被人搭理简直是个奇迹。大概是因为我鼻子上的小印记惹人注意吧，我下意识地伸手摸了一下它。

"你的小鼻子怎么啦？"她微笑着，好奇地问我。

"被咬了。"我随便敷衍了一下。不是因为我不想把整个故事都告诉她（我发誓我愿意告诉她），而是出于礼貌，为了不让她听得云里雾里，为了节约时间。

"真是粗野的行径。谁咬你了？一个坏孩子，还是一条狗？"

她的追问让我厌烦，觉得她没有理解我出于礼貌的回答。我迫不及待地想要改变话题，让情况变得简单，然后就可能会详细地对她讲我鼻子上咬痕的故事。我耸耸肩，勉强挤出了不耐烦的微笑。

就好像能读出我的想法一般，她开始直入主题：

"你还记得我吗？"

我还是微笑着点点头，但这微笑中带有更多轻松和愉悦。她明显被吓了一跳，但马上又恢复常态，依然保持着笑容。

"你真的记得我？"

我刚才的回答纯粹是礼节性的，只是为了回应她而已，因为她的确认识我。

我又答应了一次，但这次其中包含的意味完全不同了。虽然我不清楚其中的细节，但可以模糊地猜出一二：这个女人其实并不认识我，她在骗我，因为她是个绑架犯，是个吸血鬼……猜测只是一层模糊的轮廓。轮廓中映出了我的彬彬有礼，这成为了主导因素。即使我相信事实上存在着吸血鬼，我更害怕的也是破坏这相遇的场景。"礼节"是永恒的，是一种支撑着我生命的平衡。和落在吸血鬼手里相比，破坏礼节更加糟糕。而且，我不信有什么吸血鬼，这个女人也肯定不是鬼。所以我点了点头，表示我会坚持如一。

"不，你不认识我，不过无所谓。我是你妈妈的老朋友，但我好久没见过她了。我们在普林格莱斯就认识了……她怎么样？"

"很好。"

"那托马斯呢？"

"关在监狱里。"

"啊，我已经听说了。"

她是个普普通通的女人，头发染成了金黄色，身材很矮小，很壮实，打扮得不错……

在这场景中，我感到她有些神志不清，有些歇斯底里。这不是和街上某个偶遇的小女孩搭话的通常方式，她好像事先演练过，好像在她内心深处正上演着一出戏。这并没有使我有太多警觉，因为有的人，尤其是女人，就是那个样子，不管什么时刻都会被抹上悲剧色彩。

"你一个人在大街上干啥呢？为了完成一件差事？"

"是。"

她用奇怪的眼神看着我。我的这声"是"出乎她的意

料。随后她开始完全入戏:

"你想来我家吗？我住的地方离这不远，想请你去吃些点心……"

"我不知道……"

在这一刻，"绑架"的现实降临到我的头上，但我还丝毫没有做好准备。拘泥于礼节就是我最愚蠢的一点。为了这所谓的"礼貌"，我什么都可以不要，甚至是抛弃生命。无尽的恐惧从这一刻开始支配了我，但这恐惧仍然不足以与礼节相抗衡。我难道不总是这样的吗？如果事情恰恰相反的话我反而会觉得有点奇怪。

"吃完我就送你回家。我想和你妈妈打个招呼，已经有好久没见过她了。"

她等着我的回答，我心里的紧张成千上万倍地增长着。

"那好吧。"我说，说得像戏里的台词一样夸张。为了感谢她努力铲除了我们之间的障碍，这是我唯一能做的。

她轻轻拉起我的手，带我走向布朗大街。一路上她不停地说着什么，但我一点都没听进去。焦虑与不安几乎让我窒息，但当她看着我的时候，我总是以笑脸相对。我紧跟她的脚步，用同样的方式拉住她的手。我觉得刻意往好的方面去想会冲散对绑架的假设。很快我们就上了一辆公交车，驶过一条条不熟悉的街道。车里只坐了一半人，但她总是大声说话好让一车人都能听得见；她搂着我，总是在喊我的名字："塞萨尔，塞萨尔，塞萨尔。"有人念我名字我很高兴，因为这是我最喜欢的一个单词了。

"塞萨尔，你还记得你很小的时候，我带你去吃冰激淋吗？"

"是。"

谎言，再假不过的谎言。我这辈子都没吃过一只冰激淋！

我加入了她的游戏，而且走得比她更远，等待着她……我的礼貌到了极端荒唐的程度，以至于我还猜想是不是她把我和另一个女孩搞混了，另一个她和我同名，也出生在普林格莱斯，也有个被送进监狱的父亲……如果是这样，她发现事实之后将会多么失望……甚至她会火冒三丈，因为我的那些个"是"就成了超越礼节的谎言。

我们手拉着手，进入一片遥远而陌生的街区，走了大约几夸德拉……但她的伪装已经出现了裂痕，她竭力控制的疯狂浮现在了外表上，混合着粗暴和嘲讽。我感到我正强迫自己维持着礼貌，以防止它时刻可能到来的崩塌。

"妈妈看到你会多高兴啊！"

"是啊，她会很开心的。"

"好漂亮的街区！"

"你喜欢吗,小塞萨尔?"

"喜欢。"

她的声音变得多么凶恶!我的判断无可辩驳:这个女人已经疯了。只有疯子才能抛弃想象,只有疯子才会接受最现实的现实。我试图不去想我已经落到了一个疯女人的手里。她到底会把我怎么样?

我们到了。她用钥匙打开了一栋老房子的门,然后从里面把门关起来。这幢房子几乎处于半荒废状态。她始终拉着我的手(一路上她从未松开我的手,拿钥匙开关门都是用的左手),匆匆地沿着走廊穿过几间黑漆漆的房间,一言不发。我想找些好听的话说,但还没找到我们就已经身处这幢房子最深处的客厅里。这里没有窗,所以她打开了照明灯。这就是最后的目的地。她松开我的手,向后退了两步,用燃烧着熊熊怒火的双眼瞪着我。

她终于扯下了面具,展现出了巫婆般邪恶的面孔……不过这根本没有必要,因为我早已用我礼貌的方式揭穿了她的伪装。她曾经徒劳地努力想让我相信什么,现在她又想让我相信与之相反的东西。之前她竭尽所能让我觉得她是好人……现在又想向我证明她是恶人……这样的转变并不如想象中那么容易,而我已经用我的方式让这两个极端相互中和了。

"你知道我是谁吗?"

我微笑着点点头。

"白痴,好好看看我是谁?"

还是微笑着点点头。

"你这个蠢驴到底知不知道我是谁?我就是那个被你的禽兽老爸杀掉的冰激淋店员的老婆!就是那个寡妇!那就是我!"

"哦。"又是一个表示肯定的微笑。连我自己都无法相信自己的固执:我还试图维护我自己写下的喜剧。在一切可能的解释中,这是最合乎逻辑的一个。如果我已经在这条路上走了那么远,那我就能一直这么走下去。

"几个月以来我一直盯着你们,盯着你和你那该死的老娘。你已经没得跑了!那头禽兽就被判了八年,只有八年!但我那可怜的丈夫死了,被他杀死了……"

那时,我无意中做出了最不礼貌的举动:我又微笑起来,耸耸肩说:

"我不知道……"

我清楚地知道她的意思,知道这是场复仇,别的我真不知道了。但唯一让我保持彬彬有礼的方式就是表现出无辜,对一切我搞不懂的大人之间的事情敬而远之。大概是知道这是我最后一次保持礼貌的机会,我的语言和表情里汇集了我作为演员的一切天赋。我演得很完美,这让我走向了毁灭。如果我说了任何其他的话都有可能得救,她可能会好好考虑考虑,可能会对她即将施行的恐怖仇杀产生悔意……无论如何她是个女人,一个有血有肉的人,可能会被打动。我是一个六岁的小女孩,对一切都一无所知,她心底里知道我不应该被怪罪……但我的一声"我不知道"说得恰到好处,蒙住了她的双眼,让她彻底陷入了疯狂。我的微笑,那仍然保持礼节的微笑,隐含着"正如您所说的,夫人"的微笑,把她逼上了绝路。她的悲剧也好,她复仇的理由也好,这些都被剥下;而那时她仅剩的就只有那个理由。

她不再说话了。在客厅中摆放着一些废铜烂铁:都是冰激淋店遗留下的东西。一切都已准备停当。她开动了一台小马达(这临时组装的装置非常不牢靠,最多也就只能用上一次),在机器的嗡嗡声下能听到冰激淋咕噜咕噜的搅拌声。朝铝制冰激淋桶里瞟了一眼后,她把盖子往地上一扔,关掉了搅拌机……她伸手进去把草莓冰激淋捧起来,冰激淋从指间流下……

"你喜欢吗?"

我一动不动,但却能感觉到我这个木头人依然准备最后一次摆出"肯定的微笑"……我的恐惧达到了顶峰……

好在已经没有时间了。她跳到我身上，把我像玩具娃娃一样拎起来……没有反抗，我已经彻底僵住了……她的手上还沾有冰激淋，冰激淋从腋下浸透我的衬衫，让我感到一阵凉意。然后她把我拖到冰激淋桶边上，头朝下扔了进去……那是一只很大的桶，和它相比我则显得相当渺小。里面的冰激淋软软的，因此我得以自己翻身，双脚踩到了桶的底部。但在我试图把头伸出来之前，她就把盖子盖了上去，盖在溢出的冰激淋上。我屏住呼吸，因为我知道在被淹没的时候不能呼吸……寒冷渗透进我的骨髓……小心脏加速到几近爆裂……我知道，之前我一直都没有真正感受过的那种感觉就是死亡……我睁大着双眼，看着眼前奇迹般的一幕：一抹粉红色杀死了我；它闪闪发光，如此美丽以至于让我无法承受……不，我肯定不是用眼睛，而是用被草莓冰激淋冻结的视觉神经感受它……尖锐的疼痛撑破了我的双肺，心脏最后一次收缩然后停止了跳动……大脑，我最忠实的仆人，多坚持了一瞬，仅仅够我思考最后一件事：我正在经历的就是死亡，真正的死亡……

1989年2月26日

**塞萨尔·艾拉
作品导读**

八十部小说环游地球:
艾拉博士的神奇写作

—— 孔亚雷 ——

八十部小说环游地球：
艾拉博士的神奇写作

孔亚雷

1953年，布宜诺斯艾利斯，一位叫贡布罗维奇的49岁波兰流亡作家写下了也许是文学史上最有名（也最伟大）的日记开头：

星期一
我。

星期二
我。

星期三
我。

星期四

我。

与此同时,同样在阿根廷,在一座距布宜诺斯艾利斯三百英里的外省小镇,普林格莱斯上校城,住着一个四岁的小男孩。他叫塞萨尔·艾拉。他也将成为一位作家——一位跟贡布罗维奇同样奇特的作家。(事实上,今天他已被广泛视为继博尔赫斯之后,拉丁美洲最奇特、最具独创性的小说家之一。)自然,当时的小男孩艾拉对此一无所知。跟世界上所有的四五岁儿童一样,对他来说,"将来"(以及"文学",或"艺术")还不存在。他还处于自己个人的史前期,其中只有永恒的当下,和一种"动物般的幸福"(尼采语)。多年后,已成为知名小说家的艾拉,对这种史前童年期有一段极为精妙的阐释:

> 神秘主义者和诗人们所梦寐以求的,对现实的直觉性吸收,是儿童每天都在做的事。在那之后的一切都必然是一种贫化。我们要为自己的新能力付出代价。为了保存记录,我们需要简化和系统,否则我们就会活在永恒的当下,而那是完全不可行的。……(比如)我们看见一只鸟在

飞，成人的脑中立刻就会说"鸟"。相反，孩子看见的那个东西不仅没有名字，而且甚至也不是一个无名的东西：它是一种无限的连续体，涉及空气、树木、一天中的时间、运动、温度、妈妈的声音以及天空的颜色，几乎一切。同样的情况发生于所有事物和事件，或者说我们所谓的事物和事件。这几乎就是一种艺术作品，或者说一种模式或母体，所有的艺术作品都源自于它。

因而，他接着指出，所谓令人怀念的童年时代，也许并非我们通常认为的那种"天真的自然状态"，而是"一种无比丰富、更加微妙和成熟的智力生活"。这或许是我们听过的关于童年（也是关于艺术）最动人而独特的解读之一。它出自塞萨尔·艾拉一篇自传性的短篇小说——《砖墙》。"小时候，在普林格莱斯，我经常去看电影。"这是小说的第一句。它以一种异常清澈的口吻，从一个成熟作家的视角，回忆了自己童年时最要好的小伙伴米格尔，以及最热衷的爱好——看电影。而将这两者交织起来的，是一个叫"ISI"的游戏，其灵感来自他们看的一部希区柯克电影，《西北偏北》——在阿根廷放映时的译名是《国际阴谋》（那就是"ISI"这个名字的由来："国际秘密阴谋"的英文缩写)。这个游戏最基本的规则是保密:"我们不允许向对方谈起'ISI';我不应该发现米格尔是组织成员,反之亦然。交流通过放在一个双方商定的'信箱'中的匿名密件来进行。我们说好那是街角一栋废弃空房的木门上的一道裂缝……"于是,一方面,他们通过"密件"交流进行"ISI"游戏(编造某种迫在眉睫的危险,或者互相发出拯救世界的命令,或者指出敌人的行踪……);另一方面,他们又假装已经彻底忘了"ISI"这回事,他们继续一起玩别的游戏,但从不提及"ISI"。至于为什么要制定这种奇妙的、自欺欺人的游戏规则,作者告诉我们那是因为:

> 机密是所有一切的中心。……(但)我们一定知道——很明显——我们不管做什么都不会引起大人们的丝毫兴趣,这贬低了我们机密的价值。为了让秘密成为秘密,它必须不为人知。由于我们没有其他人,我们就只能不让我们自己知道。我们必须想办法将自己一分为二,而在游戏的世界里,那也并非完全不可能。

将自己一分为二——这既是这个游戏的核心,也是这篇小说的核心:它事关写作本身。在写作,尤其是小说写作的世界里,"将自己一分为二"不仅可能,而且必须。因为写小说在本质上就是一种游戏,一种特殊的、"ISI"式的游戏:一方面,当然是作家本人在写,但另一方面,作家又必须假装忘记是自己在写(以便让笔下的世界获得某种超越作者本人的生命力,让事件和人物自动发展)。而且由于写作是一个人的游戏,作家就只能自己不让自己知道——他(她)必须"想办法将自己一分为二"。在很大程度上,这是个微妙的分寸问题。而对这一分寸的把握能力(既控制,又不控制;既记得,又忘记),往往决定了作品的水平高低。

就这点而言,塞萨尔·艾拉无疑是个游戏大师。(另一位奇异的小说家,村上春树,也表达过类似的观点,他在一次访谈中称写作"就像在设计一个电子游戏,但同时又在玩这个游戏",仿佛"左手不知道右手在做什么",有种"超脱和分裂感"。)所以,《砖墙》被置于《音乐大脑》——他仅有的两部短篇小说集之一(另一部是《塞西尔·泰勒》)——的开篇,也许并非偶然。写于作家62岁之际,它并不是那种普通的追忆童年之作,而更像是对自己漫长(奇特)写作生涯的某种总结和探源。于是,只有将它放到塞萨尔·艾拉整个写作谱系的背景下,我们才能发现它所蕴藏的真正涵义——就像一颗钻石,只有把它拿出幽暗的抽屉，放到阳光下，才能看见那种折射的、多层次的、充满智慧的美。

塞萨尔·艾拉与贡布罗维奇几乎擦肩而过。1967年，当18岁的艾拉来到布宜诺斯艾利斯（此后他便一直居住在这座城市），贡布罗维奇刚于四年前，1963年，离开阿根廷去了欧洲——他再没回来过（他于1969年在法国旺斯去世）。但我们几乎可以肯定，艾拉读过贡氏那部著名的小说《费尔迪杜凯》。这不仅是因为那部小说的知名度和艾拉巨大的阅读量，更是因为《费尔迪杜凯》本身：一个三十多岁的落魄作家突然返老还童，变成一个十几岁的少年？一场试图砸破所有文明模式——从学校、城市、乡村到爱情、道德、革命，甚至时空——的荒诞疯狂冒险？这听上去几乎就像是从塞萨尔·艾拉的八十部小说中随便挑出的某一部。

八十部？对，你没听错。八十部。（事实上，这个数字还在增加，因为他还在以每年一到两部的速度出版新作。）迄今为止，艾拉先生已经出版了八十（多）部小说。它们有几个共同点。首先，它们都是字数在四到六万之间的微型长篇小说。其次，它们在文体和题材上的包罗万象，简直已经达到了某种人类极限。它们囊括了我们所能想到的几乎所有小说类型：从科幻、犯罪、侦探、间谍到历史、自传、（伪）传记、书信体……而它们讲述的故事包括：一个小男孩因冰激凌中毒而昏迷，醒来后成了一个小女孩；关于风如何爱上了一个女裁缝；一个十九世纪的风景画家在阿根廷三次被闪电击中；一种能用意念治病的神奇疗法；一个小女孩受邀参加一群幽灵的新年派对；一个韩国僧侣带领一对法国艺术家夫妇参观寺庙时进入了一个平行世界；一个政府小职员突然莫名其妙写出了一首伟大的诗歌……但在所有这些犹如万花筒般绚烂的千变万化中，我们仍能确定无误地感受到某种不变、某种统一性。那就是叙述者——塞萨尔·艾拉——的声音。这是那八十多部作品的另一个共同点：它们都是某种奇妙的矛盾混合体——尽管在想象力上天马行空，极尽狂野和迷幻，它们却都是用一种清晰、雅致而又略带嘲讽的语调写成。其结果便是，当我们翻开他的小说时，就像跌入了一个彩色的真空旋涡，或者《爱丽丝漫游仙境》中的兔子洞：一方面是连绵不绝、犹如梦境般的缤纷变幻；但同时另一方面，我们又仿佛飘浮在失重的太空，感到如此悠然、宁静，甚至寂寥。

要探究塞萨尔·艾拉的这种矛盾性，我们可以从两方面入手：他的写作源头和写作方式。所有好作家（及其风格），在某种意义上，都是自我教育的结果。（我们并不否认民族和地域的重要性，尤其是考虑到拉丁美洲——作为魔幻现实主义的大本营——一向盛产如热带植物般奇异而繁茂的作家，但那又是另一个话题，这里暂且不加讨论。）虽然塞萨尔·艾拉常被拿来与自己的著名同胞博尔赫斯相提并论，虽然他们的作品都有博学、玄妙和神秘主义的倾向，但实际上他们的品味和气质却有天壤之别。因为他们的自我教育方式完全不同。博尔赫斯的写作源头是父亲的私人图书室，是《贝奥武夫》《神曲》和莎士比亚、古拉丁语、大英百科全书——总之，典型的高级精英知识分子；而塞萨尔·艾拉呢？是在家乡小镇看的两千部商业电影（大部分都是侦探片、西部片、科幻片之类的B级电影），是鱼龙混杂无所不包的超量阅读（平均每天都要去图书馆借一两本），以及上百本仅在超市出售的英语畅销低俗小说（他甚至将它们都译成西班牙文卖给了一个地下书商）。所以，很显然，上述那些"神奇"的、散发出强烈"B级片"风味的故事情节正是源自这里：盛行于上世纪五六十年代到八十年代的通俗流行文化。

而与这一源头形成鲜明对比的，是塞萨尔·艾拉的写作方式。虽然拜波普艺术所赐，通俗文化产品的地位有所提高，但在本质上它仍然是反艺术的，决定这一点的是它的制作方式：模式化和速成化。但塞萨尔·艾拉的写作方式却正好相反，它缓慢、严肃、精细——一种典型的、福楼拜式的纯文学写作。据说每天上午他都会出现在布宜诺斯艾利斯的某家咖啡馆，一边喝咖啡一边写上三四个小时，也许只写几个字，或者几十个字，最多不超过几百个字，日复一日，年复一年，从不中断。但跟福楼拜不同（事实上，跟世界上所有其他作家都不同），他从不修改。（是的，你没听错。从不修改。）也就是说，比如，不管周五时觉得周三写得如何，都绝不放弃或修改周三写下的东西——就好像不可能放弃或修改周三说过的话，或做过的事，仿佛作品就是人生，同样不可能更改或修正。他甚至给自己这种写法取了个名字："一路飞奔式写作"。

　　这怎么可能？毕竟，如果说小说世界有优于现实世界之处，那就是它更为有序，而这种不露痕迹的有序通常是作家反复打磨修改的结果。所以这只有两种可能：一、他写得极其谨慎而缓慢；二、传统小说世界中的有序——故事情节、逻辑推进、道德（或社会）意义——对他毫无意义，毫不重要。

　　也许那正是为什么他的作品题材如此多变的原因：故事对他毫不重要。所以他可以随便使用什么故事——任何故事。如此一来，还有什么比流行通俗文化更好的故事资源吗？还有什么比它们更可以信手拈来，更取之不竭、引人注目、多姿多彩吗？

对流行文化进行文学上的回收再利用，这显然并非他的独创。后现代文学中的"戏仿"由来已久。最典型的例子莫过于唐纳德·巴塞尔姆的《白雪公主》和托马斯·品钦的《万有引力之虹》。（前者的戏仿对象是格林童话，后者则是侦探和战争小说。）但似乎是为了平衡文本的轻浮与滑稽感，这些戏仿作品往往被赋予了某种道德重量——想想《白雪公主》中强烈的社会批判，以及《万有引力之虹》中的战争和性隐喻。但塞萨尔·艾拉不同。虽然他的叙述语调也略带嘲讽，但那是一种优雅的、有节制的、托马斯·曼式的嘲讽。他那些表面令人眼花缭乱的作品，更像是对空洞流行文化的一种"借用"，一种"借尸还魂"。或者，换句话说，他是在用无比精致的文学手法描述一种无比空洞的内容。

这才是塞萨尔·艾拉的文学独创：一种奇妙的空洞感。要更好地揭示这一点，我们还必须借助那篇《砖墙》。"最近有人问起我的品味和偏好"，小说的叙事者——即小说家本人——告诉我们，"当提到电影和我最爱的导演，对方提前代我回答说：希区柯克？"他说是的，然后他说如果对方能猜出他最爱的希区柯克电影，他会对其洞察力更加钦佩。

对方想了想，自信地报出了《西北偏北》（而它恰好也是"ISI"游戏的灵感来源）。对此，塞萨尔·艾拉分析说：

> 这让我怀疑《西北偏北》与我想必有某种明显的类似。它是部著名的空缺电影，一次大师的艺术操练，它清空了间谍片和惊悚片中所有的传统元素。由于一帮笨得无可救药的坏蛋，一个无辜的男人发现自己被卷进了一桩没有目标的阴谋，而随着情节的展开，他能做的只有逃命，根本不清楚到底怎么回事。环绕这一空缺的形式再完美不过，因为它仅仅是形式而已，换句话说，它无须跟任何内容分享自己的品质。

在这里，塞萨尔·艾拉清楚地点明了自己的秘密：他写的是一种空缺小说。所以，如果说那些通俗文化产品表面上的多姿多彩是为了掩饰其内容的空洞无物，那么对塞萨尔·艾拉的作品而言，它们的多姿多彩恰恰是为了凸显其内容的空洞无物。因为只有如此，才能让环绕这种空无的形式显得"再完美不过"，才能让形式"仅仅是形式"，而"无须跟任何内容分享自己的品质"。

于是，这样看来，塞萨尔·艾拉似乎已经完成了福楼拜的夙愿：写出一种没有内容只有形式的小说，一种纯粹的小说。（尽管他采用的方式是极为拉美化的——因极繁而极简，因疯狂而冷静，因充实而空无。）但我们仍无法满足。仅仅是形式？什么形式？而那"无须跟任何内容分享自己的品质"又是什么品质？

我们对后现代文学中的形式创新并不陌生。从法国"新小说"的极度客观化视角（以罗伯-格里耶的《橡皮》《嫉妒》为代表），到对各种新媒体的兼收并用（比如在珍妮弗·伊根的《恶棍来访》中，有一章完全是用幻灯片呈现）。但塞萨尔·艾拉似乎对这种叙述方式的创新毫无兴趣——他的笔法和结构，正如我们之前说过的，一向简朴而精确，简直近乎古典。（如果用电影做比喻，他与另一位拉美后现代文学大师波拉尼奥的区别，就是希区柯克与大卫·林奇的区别。）那么他所谓的"形式"和"品质"到底是指什么呢？也许我们可以从他另一部具有浓郁自传性的小说《艾拉医生的神奇疗法》中找到答案。

《艾拉医生的神奇疗法》——这一标题就颇具意味。虽然化身为医生，我们仍可以一眼看出那就是塞萨尔·艾拉本人。名字一模一样自不用说（而且"医生"这个词，无论在英语还是在西班牙语里，都有"博士"的意思），难道还有什么比"治疗"更适合用来象征"写作"吗？小说的开场是这样的：

> 一天清晨，艾拉医生突然发现自己走在布宜诺斯艾利斯某街区的一条林荫道上。他有梦游症，在陌生但其实很熟悉的小道上醒来也没什么奇怪的（熟悉是因为所有街道都一样）。他的生活是一种半游离半专注、半退场半在场的行走。在这种交替中，他创造了一种连续性，即他的风格，或者说，如果一个周期结束，也就创造了他的生命——他的生命将一直如此，直到尽头，直到死亡。

我们完全有理由将这段话视为一种隐晦的自传，不是吗？"一种半游离半专注、半退场半在场的行走"——这不禁叫人想起"ISI"游戏（想起"ISI"游戏式的写作，确切地说）：我们必须将自己一分为二。事实上，在小说的第二章，当艾拉医生开始写作自己那部活页形式的、带有百科全书性质的毕生著作《神奇疗法》时，他已经表现得越来越像小说家艾拉（而那部著作，显然是在暗指艾拉本人的八十多部小说——就像巴尔扎克的《人间喜剧》，它们也可

以被合称为《神奇写作》):

> 写作收纳一切,或者说写作就是由痕迹构成的……究其本源,写作的纪律是:控制在写作本身这件事上,保持沉稳、周期性和时间份额。这是安抚焦虑的唯一方式……多年以来,艾拉医生养成了在咖啡馆写作的习惯……习惯的力量,加上不同的实际需求,让他到了一种不坐在某家热情的咖啡馆桌前就写不出一行字的程度。

但不管怎样,让我们继续假装那不是艾拉作家,而是艾拉医生。(因为阅读小说,在某种意义上,也是一种"ISI"游戏,我们也必须将自己一分为二:既知道那是虚构,又假装那是真的。)在经历了一场好莱坞式的闹剧之后,我们终于抵达了小说的最高潮——为拯救一名垂危的富商,艾拉医生决定当众施展他的神奇疗法:

> 真相大白的时刻近了。
> 真相就是他还没决定好要做什么。最近两天他琢磨了各种办法,但并没什么把握,就像最近几十年一样,自从年轻时领会到神奇疗法的那个

遥远的一天起。从那时到现在,他的想法基本保持原样……总会有办法的……只要时间向前走,他一定会做出点什么。不是严格的即兴发挥,而是在他一辈子的珍贵反思中找到那个恰好合适的动作。这与其说是即兴,不如说是瞬时记忆训练。

所以,这就是艾拉医生(作家)的神奇疗法(写作):一种完全基于直觉的即兴发挥。所以塞萨尔·艾拉作品中独特的"形式"和"品质"不在于写作形式上的创新,而在于写作方式上的创新——那是一种完全地、几乎百分之百依赖直觉的写作(那也是为什么他写作极为缓慢,且从不修改的原因)。如果说所有小说家或多或少都在玩着"ISI"式的游戏,那么没有人比塞萨尔·艾拉玩得更彻底,更疯狂——但同时也更冷静。

那是一种孩子式的冷静(兼疯狂)。因为这种彻底的直觉性写作,意味着要有一种超常的直觉力,而正如我们在文章开头所引用的,塞萨尔·艾拉对童年和艺术起源的解析:"神秘主义者和诗人们所梦寐以求的,对现实的直觉性吸收,是儿童每天都在做的事。"那也正是塞萨尔·艾拉的每部小说都在做——或者说,竭力在做——的事:对现实的直觉性吸收。于是他的小说常常让我们感觉像一种"无限的连续体",涉及星辰、超市、电影院、椴树、幽灵、狗、变老、阿尔卑斯山、睡眠、音乐、革命、暮色、马戏团……总之,"几乎一切"。于是,在《我怎样成为修女》中,在一支有毒冰激凌的引导下,一个六岁小男孩(或小女孩)展开了一场糅合了幻觉、悲伤和自我认知(一种情感上的"无限连续体")的心理探险之旅;《风景画家的片段人生》则是真正的探险:一名流连于潘帕斯草原的德国风景画家竟然三次被闪电击中,虽然严重毁容,但他幸存了下来,并继续作画——极端的生理体验、壮阔的美洲风景与艺术的神秘交织在一起;而在《幽灵》中,我们将面对一个问题:如果收到来自另一个世界的派对邀请,你会接受吗——如果前提是你必须先去死?

相对于以马尔克斯为代表的"魔幻现实主义",塞萨尔·艾拉或许更应该被称为"神奇现实主义"。因为"魔幻"这个词更偏于成人化,更有人工意味,所引发的寓言效果——正如马尔克斯在《百年孤独》中向我们展示的——更富含历史和政治性。而"神奇"则显然更接近童年和直觉,更轻盈、纯粹而超脱。但请注意,我们要再次回到文章开头塞萨尔·艾拉对童年的解读:这种童年式的"神奇"并非某种"天真的自然状态",而是一种"无比丰富,更加微妙和成熟的智力生活"。于是相对应地,较之

《百年孤独》那种浓烈的历史和政治寓意，塞萨尔·艾拉的"神奇现实主义"所散发的寓言感，则显得既单调又丰富。单调，是因为它只要用一个字就可以总结："我"。而丰富，是因为这个时刻在对现实进行着"直觉性吸收"的"我"，一如塞萨尔·艾拉举例所用的"鸟"：在孩子（以及塞萨尔·艾拉的小说）那里，"我"不仅不是我，甚至也不是"无我"，"我"是"一种无限的连续体"，"我"就是一切，而一切也都是"我"。（既然是一切，当然就已经包含了历史和政治。）

我？为什么是我？你也许会问。因为"我"是直觉的最终源头。因为即使你抛弃一切，你也永远无法抛弃"我"。（因为仍然是"我"在抛弃。）"我"是最卑微而弱小的，但同时也是最基本、最强大、最高贵而永久的。"我"最繁复又最简洁，最充实又最虚空。这个"我"并不局限于狭窄的个人视角，而更接近一种无限的、孩子般的"忘我"。正是这个"我"，定义了塞萨尔·艾拉小说世界最核心的品质（或者说形式）：既一无所有，又无所不有。

于是，我们似乎完全可以套用贡布罗维奇那奇妙的日记开头，来形容塞萨尔·艾拉的八十（多）部小说。《艾拉医生的神奇疗法》：我。《我怎样成为修女》：我。《风景画家的片段人生》：我。《幽灵》：我。我。我。我。我。我……

但贡布罗维奇的"我"与塞萨尔·艾拉的"我"有本质的区别。《费尔迪杜凯》同样是一部关于"我"的小说。这不仅指小说主人公显然就是作者本人的缩影，更是指主人公"自我身份"的不停转化：他先是逃离了自己的作家身份，变成一个叛逆的中学生；接着他又逃离学校，穿越城市与乡村，成为一个局外人；当他来到姨妈的旧式庄园，他摇身变成了一名贵族；通过挑动农民反抗地主，他俨然又成了一名革命者；而当他最终逃离一片混乱的庄园，他发现自己又不得不扮演起多情爱人的角色……因此，我们看到，《费尔迪杜凯》中的荒诞历险实际上是一场永无止境的逃离——逃离各种各样的"我"。因为根本没有真正的"我"。在贡布罗维奇看来，所谓"自我"，不过是社会文明机器制造出的各种模式化的面具。不管怎样逃离，我们都逃不开一个虚伪的、造作的、角色扮演式的"我"。

而塞萨尔·艾拉则正好相反。如果说在他那流动、飘忽、时而令人晕眩的小说世界里有什么是固定不变的，那就是"自我"。对他（以及他赖以为生的直觉）而言，"我"不是文明社会的假面具，而是他在这个变幻无常、充满焦虑的世界中最后的，也是唯一的依靠。这种对"自我"的执着和固守，在他的另一篇短篇杰作《毕加索》中，通过一个身份认同的难题,得到了完美的展现。

那个难题就是:如果有个神灵让你选择,是拥有一幅毕加索的画,还是成为毕加索,你会选择哪个?初想之下,似乎任何人——包括故事的叙述者,一位小说家(显然又是艾拉本人)——都会毫不犹豫地选择后者。"谁不想成为毕加索?"作者自问,"现代历史上还有比他更令人羡慕的命运吗?""任何人处在我的位置都会选择第二项",他接着说,因为它已经包含了第一项:毕加索不仅可以画出所有他喜欢的作品,而且保留了大量自己的画作——此外,变成毕加索的优点还不止如此,那还意味着能享受到他那无与伦比的创造极乐。但最终,这位叙述者还是选择了前者,原因是:

> 一个人要变成其他人,首先必须不再是自己,而没人会乐意接受这种放弃。这并不是说我自认为比毕加索更重要,或更健康,或在面对生活时心态更好。……然而,受惠于长期以来的耐心努力,我已经学会了与自己的神经质、恐惧、焦虑,以及其他精神障碍和平共处,或者至少能做到将它们置于我的控制之下,而这种权宜之计能否解决毕加索的问题就无法保证了。

这里有一种优雅的宿命感，一种平静的自认失败，一种甚至带着适度心碎的放弃。它们不时闪现在塞萨尔·艾拉那些充满自传性的短篇小说里。正如我们开头所说，这些短篇要被置于塞萨尔·艾拉的整体写作背景下，才能放射出其深邃之光——如果把他的八十多部微型长篇小说看成一个整体，一种活页形式的百科全书（《神奇写作》），那么这两部短篇集就是一种附录式的评注。

于是它们常常表现为某种神奇的自我指涉。比如，在短篇小说《音乐大脑》中，捐书晚餐、奇特的音乐自动播放机、女侏儒产下的巨蛋交错构成了一幅作者文学之源的象征图腾："在普林格莱斯的传奇历史中，由此产生的奇妙图案———本书被精巧、平衡地放置在巨蛋顶上——最终成为市立图书馆创立的象征。"

在《购物车》中，"我"发现了一辆会自己滑行的神奇购物车，它整晚都在超市里"四处转悠"，"缓慢而安静，就像一颗星，从未犹豫或停止"，而"作为一名感觉与自己那些文学同事如此疏远和格格不入的作家，我却感到与这辆超市购物车很亲近。甚至我们各自的技术手法也很相似：以难以察觉的极慢速度推进，最终积少成多；眼光看得不远；城市题材。"

《塞西尔·泰勒》则以真实的美国先锋爵士乐大师塞西

尔·泰勒的生平为蓝本——由于艺术上过于超前而导致的不间断受挫。我们很容易注意到这两个名字的相似：塞西尔与塞萨尔。我们也同样容易注意到他们在艺术手法（及受挫程度）上的相似："一路飞奔式"的直觉与即兴。

回到那篇《毕加索》。当主人公决定选择拥有一幅毕加索的画（而不是成为毕加索，也就是说，选择固守那个"我"），一幅中等大小的毕加索油画出现在他面前。画中是一个立体变形的女王形象。作者意识到它是对一则古老西班牙笑话的图解，那是关于一位没有意识到自己残疾的瘸腿女王，大臣们为了巧妙地提醒她，特意组织了一场盛大的花卉比赛，以便在最后请女王选出冠军时对她说出那句"Su Majestad, escoja"，即"陛下，请选择"——但如果把最后一个词破开读，意思也可以是："陛下是瘸子"。作者接着指出，这幅画有好几个层次的意义：

> 首先是主人公瘸腿却不自知。人们有可能对自身的很多事情无从知晓（比如，就拿眼前这个例子来说，一个人到底是不是天才），但很难想象一个人会连自己瘸腿这么明显的生理缺陷都意识不到。也许原因就在于主人公的君王地位，她那独一无二的身份，这使她无法以正常的生理标

准来评判自己。

"独一无二,正如世上也只有一个毕加索。"他接着说,"这里有某种自传性,关于绘画,关于灵感……"因为"到了三十年代,毕加索已被公认是画不对称女人的大师:通过一种语言学上的绕弯子来使一幅图像的解读复杂化,可谓另一种意义上的扭曲变形,而为了突出他赋予这种手法的重要性,他选择了将其安放到一位女王身上。"最后,他又提到了这幅画的第三层意义,即它的"神奇来源":

> 直到那时,没有一个人知道这幅画的存在;它的奥妙、它的秘密,一直以来都尘封不动,直到它在我——一个说西班牙语的人,一个热爱杜尚和鲁塞尔(雷蒙德·罗塞尔,法国超现实主义文学、新小说流派的先导者)的阿根廷作家——面前显形。

显然,这三层意义有一个共同的核心:独一无二。无论是女王、毕加索,还是我,都是独一无二、不可替代的,都是宇宙间唯一的存在。这是一个近乎终极的对自我意识的审视。这是另一种意义上的,或许也是真正的一种"民主": 每个人都是平等的。每个人都觉得自己最重要（不管我们愿不愿意承认）。事实上，不仅是女王，每个人都无法以正常的标准来评判自己，不是吗？因为那是不可能的——就像一个人无法提着自己的头发离开地面。"自我"是一种精神上的万有引力，没有它我们就会飘向彻底的虚空。

但正如我们看到的，在塞萨尔·艾拉这里，这种对"自我"偏执狂般的沉迷没有散发出丝毫的骄傲自大。相反，它显得轻柔、谦逊而又坚韧，那个独一无二的"我"，似乎成了对抗这个支离破碎、充满复制和模拟的世界的最后武器。在可能是塞萨尔·艾拉最广为人知的小说之一《文学会议》中，一名失业的翻译家兼疯狂科学家，试图以墨西哥著名作家富恩斯特为原型，克隆一支军队来掌控地球。（又一个空洞的通俗小说外壳。当然，最终计划失败了，这似乎从另一个角度暗示了自我的独一无二性：自我不可能被复制——克隆。）在小说的前半部，主人公无意间神奇地解开了一个历史谜团，从而发现了一笔古代宝藏，对于这一成就，他分析道：

> 那并非说我是个天才或特别有天赋，完全不是。恰恰相反。……每个人的思想都有自己的力

量，不管大小，但总是独一无二的，那种力量属于他而且唯独只属于他。这就使得他能够完成一项任务，不管那任务是伟大还是平庸，但唯独只有他才能完成。……除了读过的书，仅仅在文化领域，就还有唱片、绘画、电影……所有这些，加上自我出生起日日夜夜所经历的一切，给了我一个区别于所有人的思想构造。而那碰巧是解开希洛马库托之谜所需的；因此解开它对我来说简直轻而易举，毫不费力，就像一加一等于二那么简单。……我是唯一的一个；在某种意义上，我也是被指定的一个。

这显然是个巧妙的隐喻。它似乎在说，对于每一个人，世界上都有一个只为他（她）而存在，也只有他（她）能解开的谜。这一隐喻贯穿了艾拉博士的所有作品。借用他想必很喜欢的凡尔纳的小说标题：《八十天环游地球》，我们也许可以将塞萨尔·艾拉的所有作品总结为：八十部小说环游地球。但不管环游到何地，不管那些经历（故事）表面上多么光怪陆离，"我"仍然是"我"。"我"——那是最大和最后的局限，但也是最大和最后的安慰。甚至，也许那就是我们每个人存在的真正唯一目的——不然还能是什么呢？——去解开那个只有你才能解开的谜：生活。属于你而且唯独只属于你的生活。独一无二的生活。